Deux vies

Du même auteur

Songes et fables, Actes Sud, 2020
Le peuple de bois, Actes Sud, 2017
Quelque chose d'écrit, Actes Sud, 2013

Emanuele Trevi

Deux vies

Traduit de l'italien par Nathalie Bauer

Philippe Rey

Titre original : *Due Vite*

7, rue Rougemont – 75009 Paris

www.philippe-rey.fr

Quant à être heureux, c'est
terriblement difficile, exténuant.
Cela équivaut à porter en équilibre
sur sa tête une précieuse pagode
de verre soufflé, ornée de clochettes
et de fragiles flammèches,
et à continuer d'accomplir heure après heure les mille
mouvements obscurs et pesants de la journée
sans qu'un seul lumignon s'éteigne,
qu'une seule clochette émette une note fêlée.

Cristina Campo[1]

---

1. Lettre à Gianfranco Draghi, février 1959, in *Il mio pensiero non vi lascia. Lettere a Gianfranco Draghi e ad altri amici del periodo fiorentino*, Adelphi, 2011. *(Toutes les notes sont de la Traductrice.)*

Il était de ces êtres destinés à ressembler de plus en plus, au fil du temps, à leur nom. Un phénomène inexplicable, mais pas aussi rare qu'on pourrait le croire. *Rocco Carbone* évoque, en effet, le résultat d'une expertise géologique[2]. Et de nombreux aspects de son caractère, loin d'être facile, suggéraient une obstination, une raideur typiques du règne minéral. À condition de se rappeler, avec les vieux alchimistes, qu'il n'existe rien de plus *psychique*, dans la nature, que les pierres et les métaux. Sa physionomie anguleuse, ses traits marqués renforçaient assurément cette impression. Drue et compacte, la masse inamovible de ses cheveux paraissait modelée et peinte sur sa tête, comme celle des marionnettes. Au cours des vingt-cinq années où je l'ai côtoyé, sur les quarante-six qu'a duré son existence, je crois qu'il est resté substantiellement inchangé, comme si l'expérience – cette marâtre

2. *Rocco*, Roch en français, viendrait du bas latin *rocca* qui signifie « roc », « rocher ». *Carbone* signifie « charbon ».

impitoyable et négligente – n'avait pas laissé de traces visibles sur sa personne. Fort des bras, grand marcheur, il avait été dans sa jeunesse ceinture noire de judo. Il aimait donner, de cet art très noble, de soudaines et dangereuses démonstrations. Et il était véritablement impossible de le faire vaciller lorsqu'il plantait ses pieds dans le sol ainsi qu'il l'avait appris lors de ces lointains entraînements sur le tatami. Les dernières années seulement, le lithium qu'il prenait l'avait appesanti, sans lui ôter toutefois son aspect robuste, compétitif. Sa façon de s'habiller était plus que sobre. Toute fantaisie, jusqu'aux innocents losanges d'un pull-over, lui causait de l'embarras, m'a-t-il confié un jour. Ainsi, de même qu'il existe l'horreur du vide, de même certains individus sont affectés d'une véritable phobie de l'ornement. Les murs immaculés de sa dernière habitation romaine, dans un petit immeuble moderne de la via Lorenzo Valla, au sein du quartier Monteverde Vecchio, étaient privés de tout tableau, de toute image. Les meubles, réduits à l'essentiel. Il appréciait les bois sombres, les revêtements en cuir. Tout ce qui exprimait avec modestie, sans éloquence, une idée crédible de l'espace et de la présence humaine. Un matin d'été où nous étions à Paris, je m'en souviens, nous nous étions donné rendez-vous devant le musée d'Orsay. C'était en

1995 et, quelques semaines plus tôt, l'État français était entré en possession de *L'Origine du monde* de Courbet. Ce tableau à la vie aventureuse avait appartenu auparavant à Jacques Lacan, qui se plaisait, selon la légende, à divertir ses invités (ou ses patients ?) en se livrant à une sorte de rituel de dévoilement. Il ôtait le cache qui protégeait la toile en la défendant contre les regards importuns, scandalisés ou lascifs, et voici que surgissait la source de toute chose, la porte de la vie : entre deux cuisses écartées et bien faites, la fente humide, presque entrouverte et revêtue de sa toison fauve, y est représentée avec un tel savoir, avec une telle vénération, qu'un parfum âpre, enivrant de fruit légèrement pourri semble presque en émaner. Le jour de la remise officielle de ce chef-d'œuvre au musée d'Orsay, le pauvre ministre de la Culture français, catholique et ancien maire de Lourdes, obligé de participer à la cérémonie, s'était produit dans des contorsions dignes d'un équilibriste pour éviter d'être immortalisé par les télévisions en compagnie de cette chatte parfaitement capable, malgré le frein de l'art, de suggérer des pensées peccamineuses. Parmi les tableaux aux dimensions immenses qui occupent les murs de la salle des Courbet, au rez-de-chaussée du musée, l'*Origine*, avec sa cinquantaine de centimètres de côté, peut paraître carrément minuscule : un effet semblable à celui du *Christ mort* de Mantegna à la pinacothèque de Brera – pour mentionner un autre chef-d'œuvre de la peinture où le sacré jaillit de dimensions réduites. Rocco était aux anges. Nous étions accompagnés de Pia Pera, notre Pia adorée, qui, lorsque nous étions tous trois réunis, dépensait une grande partie de son énergie à nous empêcher, Rocco et moi, de nous disputer pour les futilités habituelles. Mais j'ai un souvenir lumineux de ce matin-là, la vie paraissait nous sourire, on aurait dit que le maître venait, d'un dernier et léger coup de pinceau, d'achever son chef-d'œuvre à notre seule intention. Comme je le disais, de nous trois, Rocco était le plus enthousiaste. Des années après, il évoquerait devant moi, à ce propos, une suprême révélation esthétique et une date importante de notre amitié. Néanmoins il n'accordait aucune importance à la puissance érotique de cette image, à ses sous-entendus philosophiques et naturalistes. C'était toujours l'absence d'épaisseur du trait qui le fascinait : la transparence du lien entre l'objet et les moyens de sa représentation. En d'autres termes, ce qu'on peut définir comme la suprême liberté de Courbet, laquelle consiste non à peindre une chatte entrouverte telle qu'elle est, dans toute son évidence charnelle, mais à le faire sans une ombre de rhétorique. Certes, cette transparence et cette liberté sont à leur tour des artifices, et donc des utopies – Rocco, qui n'avait rien d'un idiot, en était conscient, pourtant il avait besoin d'aller vers l'essence, la netteté, la concentration, la correspondance le plus étroite possible entre le nom et la chose. Il avait une soif désespérée, dirais-je, du sens exact des mots, purifiés de toute leur ambiguïté, et des liens moraux que cette exactitude implique (« qu'est-ce que tu entends par là ? », « pourquoi dis-tu ça ? », « pourquoi ris-tu ? »). Ceux qui le connaissaient savaient qu'une telle disposition d'esprit trahissait quelque chose de plus profond, de plus nécessaire et de plus contraignant qu'un certain goût artistique ou littéraire. Les Furies qui le traquaient depuis qu'il était au monde, entre trêves et nouveaux assauts, prospéraient dans le maniérisme, dans la complication, dans l'incertitude des formes et de leurs significations. Rocco s'efforçait obstinément de simplifier, de nettoyer. Si l'anatomie humaine l'y avait autorisé, il aurait volontiers astiqué ses os et ses nerfs à l'aide d'une brosse en fer.

Il était né au mois de février 1962, en équilibre sur la difficile cuspide astrologique Verseau-Poissons, à Reggio de Calabre. Mais il avait passé une bonne partie de son enfance dans l'Aspromonte, à Cosoleto, village où les gens sont durs, taciturnes, sujets à des jugements rigoureusement amers sur la vie et sur la mort. Sa maîtresse d'école n'était autre que sa mère, et elle le traitait en classe exactement comme les autres enfants, sinon avec davantage de sévérité – ce qui lui avait causé des souffrances compréhensibles. Son père avait longtemps été le maire de cette petite localité à l'ombre de la montagne, entourée de bois anciens et de ruisseaux impétueux qui creusaient des gorges entre les rochers depuis des millénaires. Rocco racontait souvent à son sujet un épisode lointain, déconcertant. C'était l'été 1970, et le père regardait à la télé, en compagnie de ses deux fils (Rocco et Sandro, le benjamin : trois enfants en tout avec leur sœur), la fameuse (et surestimée) demi-finale Italie-Allemagne de la Coupe du monde de football au Mexique. Ce match même qui s'était conclu sur un score de 4 à 3 pour nous, dont cinq buts aux prolongations et le tir décisif de Gianni Rivera. Mais à la fin du temps réglementaire, alors que le meilleur devait encore venir, son père, relatait Rocco, n'avait pas supporté l'anxiété : éteignant le téléviseur, il s'était obligé et avait obligé ses fils à aller se coucher sur le 1-1. Les anecdotes de Rocco étaient toutes de ce genre, les fragments d'un théâtre de l'absurde qu'il tirait de sa mémoire et répétait volontiers mille fois, comme si la répétition même les purifiait, les dotait d'un frisson prophétique ou d'une beauté insensée. Et ces histoires si souvent racontées finissaient par s'ancrer dans l'esprit de ceux qui l'écoutaient.

Quand j'ai fait sa connaissance, au cours de l'hiver 1983, Rocco était arrivé depuis peu à Rome. Il s'était inscrit en lettres et avait obtenu entre-temps une sorte de bourse d'études pour suivre un cours de dramaturgie donné par Eduardo De Filippo[3]. Entre le grand acteur, désormais aux portes de la mort, et l'apprenti à

3. Considéré comme l'un des dramaturges italiens les plus importants du XXe siècle, De Filippo (1900-1984) était également acteur, metteur en scène, scénariste et poète.

ses premières armes était née une antipathie immédiate, irrémédiable. Contre toute logique, intervertissant en quelque sorte les rôles et les jugements réciproques, Rocco avait trouvé « prétentieux » le vénérable Eduardo. À l'époque, il vivait dans un pensionnat de prêtres chaleureux et tolérants, les pères sylvestrins, qui accueillaient de nombreux provinciaux (les laissant substantiellement libres de faire ce qu'ils voulaient) dans un bâtiment très ancien, croulant et labyrinthique, situé via Santo Stefano del Cacco, environ à mi-chemin entre la piazza della Pigna et la piazza della Minerva. C'était – et c'est encore – un de ces lieux de Rome sur lesquels le temps s'étend comme une moisissure, phénomène carrément palpable et doté d'une odeur particulière. Pour citer Patrick Leigh Fermor, écrivain que Rocco aimait beaucoup: « Une vertigineuse et exaltante ancienneté, une magnifique sensation de toiles d'araignées. » À gauche de l'entrée du pensionnat, se dresse la façade de la petite église de Santo Stefano Protomartire, une des plus anciennes de la ville, bâtie sur les ruines d'un temple d'Isis. Cultes et effigies égyptiennes étaient présents dans le quartier depuis toujours: le très étrange « Cacco » qui donne son nom à la rue, par exemple, vient de *macaco* ou *macacco*, appellation que le petit peuple avait accolée à une statue érigée en l'honneur du dieu Thot, inventeur de l'écriture et protecteur des scribes, représenté tantôt avec une tête de macaque, justement, tantôt avec une tête d'ibis. Il existe, à l'embouchure de la ruelle, un point de repère facilement identifiable pour les passants peu familiers des lieux : un grand pied en marbre glissé dans une sandale, vestige d'une statue colossale d'un quelconque empereur, qui semble tout droit sortie d'un tableau de De Chirico. Pour atteindre la chambre de Rocco, il fallait affronter un sombre escalier en colimaçon. Il n'y avait pas la moindre surveillance. Dans ce bâtiment chargé d'années, racontait-on, les sylvestrins et leurs jeunes pensionnaires cohabitaient avec d'innombrables fantômes – pas méchants, plutôt coupables de ces taquineries coutumières des fantômes romains. La chambre de Rocco, bien rangée et annonciatrice, de façon embryonnaire, de ses futures habitations, jouissait d'une vue spectaculaire sur l'étendue de toits de ce ventre de Rome. La coupole du Panthéon et le clocher de Sant'Ivo alla Sapienza se faisaient face, tels deux vaisseaux spatiaux de planètes ennemies, prêts à porter l'attaque décisive. Il règne dans cette partie du centre-ville, dominée par l'immense masse du Collège romain, un silence antique, y compris les soirs d'été, lorsque les foules de fainéants envahissent les rues, et les ombres y semblent dotées d'une consistance particulière, comme si elles retenaient l'humidité de rivières et de lacs souterrains. Don Ingravallo, Ciccio Ingravallo, le héros de *L'Affreuse Embrouille de via Merulana*, travaillait justement à cet endroit, dans un commissariat qui existe encore et que l'arête postérieure du palais Altieri surplombe, telle une grande falaise abrupte. Il n'est pas rare que les inventions des romans et des aspects de la réalité soient indémêlables et réciproquement engendrés aux alentours des vieux quartiers. Chaque fois que je relis le chef-d'œuvre de Carlo Emilio Gadda, j'imagine Rocco dans le rôle de Ciccio Ingravallo. Ce n'est pas une association arbitraire. Il s'était lui-même entièrement identifié à ce modèle littéraire au cours des premières années de son arrivée et de son intégration à Rome. Dès la première page, il s'était reconnu dans ce commissaire de police « miséreux et opiniâtre[4] » (comme Gadda), venu d'un Sud opaque, nullement solaire et encore moins dionysiaque : un arrière-pays de grisaille sociale et culturelle dont il n'était possible d'emporter que cette dignité qui caractérise la retenue, ainsi qu'une

4. *L'Affreuse Embrouille de via Merulana*, traduction de Jean-Paul Manganaro, Le Seuil, 2016.

science pessimiste et désenchantée du cœur humain. Parce que le hasard l'avait conduit justement là, via Santo Stefano del Cacco, Rocco vit dans le roman de Gadda davantage qu'une œuvre admirée et étudiée : une sorte de viatique, un manuel de résistance à la pression sournoise que Rome, avec sa frivolité ostentatoire et fictive, exerce sur l'âme des étrangers. Il mentionnait cet ouvrage sans cesse, découvrant toujours de nouveaux détails du génie mimétique de Gadda. Ainsi, la déformation (typique du dialecte romain) du nom d'Ingravallo par un personnage mineur – « *Ingarballo*[5] » – le ravissait. De taille moyenne, les cheveux touffus et crépus, « habillé comme le maigre traitement de l'État le lui permettait[6] », Ciccio Ingravallo était l'incarnation humble et convaincante d'une philosophie assez crédible – fondée, comme on le sait, sur une réforme radicale du concept même de « cause ». Car chaque événement possède bien une cause principale, ou « apparente », à côté de laquelle il faut, pour arracher quelques lueurs momentanées aux lourdes et poisseuses ténèbres du monde, apprendre à examiner toutes les autres, qui convergent vers l'événement en question

5. Cette déformation évoque le terme *ingarbugliato*, « embrouillé ».
6. *L'Affreuse Embrouille de via Merulana*, *op. cit.*

comme les seize vents de la rose dans une dépression chronique. Une méthode peut-être très féconde en déductions exactes pour un policier, héros d'un roman noir. Mais il me suffit de remplacer le concept de « crime » par celui d'« infélicité » pour que la silhouette de mon ami, dans son imperméable au col relevé contre le vent de la nuit, une cigarette se consumant rapidement entre ses lèvres, se superpose parfaitement et se confonde avec celle du personnage de Gadda.

L'infélicité. Et ses écheveaux gaddiens de causes concomitantes. Évoquer la vie de Rocco signifie nécessairement évoquer son infélicité et admettre qu'il appartenait à la troupe prédestinée des individus *nés sous l'influence de Saturne*. Mais comment définir ce dont il souffrait ? Pour faire correspondre un nom avec une chose, il faudrait se résoudre à forger un nouveau terme, du genre « rocchéole » ou « rocchite ». À quoi bon ? Plus on s'approche d'un individu, plus il ressemble à un tableau impressionniste, ou à un mur écorché par le temps et les intempéries : il se change en coagulum de taches insensées, de grumeaux, de traces indéchiffrables. Si l'on s'éloigne, en revanche, ce même individu se met à ressembler excessivement aux autres. La seule chose qui importe, dans ce genre de portraits écrits, est de chercher la bonne distance, qui est la marque de l'unicité. L'enfance de Rocco, pour autant qu'il s'en souvînt, n'avait pas non plus été à l'abri de cette compagne secrète, de cette sombre force d'anéantissement, de l'horrible et inutile sangsue qu'est l'infélicité. Toutefois, les premières manifestations sérieuses de ce mal étaient arrivées un peu plus tard, à l'époque du lycée. Les Carbone habitaient via Tripedi, une rue centrale de Reggio de Calabre, dotée d'un décor méridional de balcons en fer forgé et d'arbustes de laurier-rose. L'immense et presque stupéfiant talent de l'amitié qui caractérisait Rocco s'était formé précocement, créant des premiers liens importants. Il était bon élève, il aimait lire, il jouait assez bien de la guitare classique avec ses doigts épais qu'on aurait dits conçus pour se planter sur les accords, il fréquentait l'unique ciné-club de la ville. Néanmoins, cette constellation de faits positifs, ou du moins normaux, se disposait autour d'une espèce de trou noir, capable d'absorber en son centre toute son énergie vitale, la transformant en un mal d'exister lourd, inerte, désespéré, qui l'amenait à voir dans l'avenir la répétition irrémédiable d'un présent insupportable. Il était assailli par des nuées de pensées, pareilles aux sauterelles de la malédiction biblique, dont il ne réussissait en aucune façon à se libérer. Très tôt, dormir lui était devenu fort difficile et il avait, à l'âge de vingt ans, les habitudes de ces vieillards qui sont déjà debout à cinq heures du matin. Aussi loin qu'elle s'efforçât de retourner dans le passé, sa mémoire n'arrivait pas à capturer un fragment de bien-être qui ne fût assiégé, encerclé, contaminé par cette puissance obscure.

Cette photo a été prise par Rocco un soir de l'année 1989 ou 1990. Nous nous trouvions chez lui, dans l'appartement qu'il habitait déjà via del Boschetto, sous la menace constante de ces maudites poutres contre lesquelles vous finissiez toujours par vous cogner la tête, même si vous vous étiez solennellement juré d'être vigilant. J'aime follement ce moment que Rocco a capturé par hasard : tout en riant, Pia Pera étend sur moi sa main protectrice pour conjurer le danger. Je comprends que Rocco est l'auteur de cette photo et que nous étions seuls ce soir-là aux autres clichés de la série, dont j'avais totalement oublié l'existence pendant près de trente ans et qui ont jailli par hasard d'une enveloppe, tandis que je rangeais un tas de papiers empilés dans une armoire. En effet, seuls deux d'entre nous y figurent toujours, le troisième étant occupé à actionner un de ces petits appareils jetables qu'on faisait développer à l'époque chez les opticiens. Sur deux photos prises par Pia, Rocco et moi sommes engagés dans une sorte de lutte libre.

Une autre encore, dont je suis l'auteur, montre Rocco et Pia fouillant parmi les disques du premier, probablement pour choisir une musique à écouter. L'image est floue, mais le disque que Pia tient à la main est apparemment *La Voce del Padrone* de Franco Battiato[7]. Sur toutes ces photos nous avons cet air heureux et sans doute un peu gris qu'arborent les gens totalement satisfaits du moment présent et de leur entourage. Nous avons passé d'innombrables soirées de ce genre lorsque Pia venait à Rome effectuer un travail quelconque ou simplement parce qu'elle avait envie de nous voir. Un jour, je me rappelle, Rocco et moi l'avions entraînée dans une exténuante recherche de cigarettes de contrebande. Pour une mystérieuse raison bureaucratique et ministérielle, les cigarettes avaient en effet disparu des bureaux de tabac et des bars. D'abord les bonnes, puis celles que personne ou presque ne fumait, comme les cigarettes au menthol. Cette pénurie dura des semaines et, quand elle fut à son comble, il semblait, certains soirs, plus facile d'acheter dix grammes d'héroïne ou un pistolet qu'un paquet de Camel. Stratégies de marketing de contre-

7. Célèbre album (1981) de ce non moins célèbre auteur-compositeur-interprète (1945-2021).

bandiers qui avaient du mal à croire en ce cadeau de l'État et qui géraient savamment la pénurie. C'était aussi une sorte de jeu, de chasse au trésor de masse, et Rocco et moi affrontions toujours en duo ces expéditions. Par une de ces nuits froides, alors que nous traversions pour la énième fois l'esplanade de la gare, Pia se planta soudain sous l'auvent d'un des nombreux terminus des autobus, refusant de nous suivre, les mains enfoncées avec agacement dans les poches de son manteau en laine qui lui descendait aux chevilles. En certaines occasions elle m'évoquait une poupée de chiffon. Mais il fallait prendre garde à ne pas provoquer sa colère. « Comment pouvez-vous être *esclaves* de ces trucs-là ? » Nous finîmes par tomber sur un Ukrainien qui avait un paquet de MS à vendre à un prix scandaleux, et la bonne humeur de notre amie revint, elle nous pardonna notre faiblesse de vicieux pour entamer avec cet inconnu une longue conversation musicale à propos de Gogol.

De manière inexplicable, on associe à la photographie l'idée d'« immortaliser », mais c'est une façon de parler erronée : plus que tout, la photographie, inexorablement liée à l'instant et au présent, nous rappelle notre nature transitoire et futile. Comme l'ange à l'épée de feu (le plus fumasse et le plus inflexible des anges), le temps nous barre le chemin du retour à ce paradis terrestre que nous voyons sur les photos, transformant chaque geste et chaque présence en emblèmes d'une chute irrépressible. D'un autre côté, l'instant que la photo découpe dans la durée peut dévoiler une essence, un aspect permanent du caractère de son sujet. L'âme de Pia a toujours conservé, y compris dans les moments les plus difficiles et les plus désespérés de sa vie, la vocation inextirpable de soigner, de protéger – êtres humains, animaux, végétaux. Et ce geste protecteur que le cliché a capturé lui est si congénital qu'il ressemble davantage à un souffle et à un battement du cœur qu'à une décision consciente. C'est seulement de cette façon, voudrais-je ajouter – quand faire le bien est une chose qui littéralement *vous échappe*, alors que vous n'y songez même pas –, que la main arrive au bon moment et conjure le péril. Comparé à cet instinct moral, le bien volontaire sonne toujours comme de la fausse monnaie. Je n'entends absolument pas dire par là que Pia était une sainte. Lorsque son heure est venue, elle a révélé d'énormes réserves de sagesse et de force d'esprit, se battant courageusement, mais cela non plus n'a rien à voir avec la sainteté. Elle était plutôt un être intense, dotée d'une âme réceptive et sensible, encline à l'illusion, se vexant facilement. J'ai recueilli et rassemblé en une sorte de collage quelques souvenirs de personnes qui l'ont connue dans sa jeunesse. « Ses vêtements et son sourire me laissèrent entendre qu'il s'agissait d'une aimable demoiselle anglaise » (Francesco Cataluccio). « Une trentenaire arrogante et maladroite, brillante et insupportable, anticonformiste et généreuse » (Stefano Velotti). « Quand je l'ai rencontrée, Pia Pera était une jeune femme effrontée et capricieuse. Excessive dans sa façon de penser, de parler, de rire et même de se lier d'amitié » (Edoardo Albinati)[8]. Ces souvenirs correspondent substantiellement aux miens, avec une nuance de tendresse et quelques contradictions de plus ; du reste, les individus ne sont pas des états d'âme, certaines de leurs caractéristiques fondamentales s'étalent aux yeux de tous. Certes, Pia était « effrontée », comme l'affirme Albinati. Mais elle était sans aucun doute timide. Par quel mystère renfermons-nous tant de traits aussi inharmonieux et contrastés, à l'image de vieux tiroirs où les objets s'entassent en vrac sans le moindre critère ? La Pia que bon nombre de personnes se rappellent, ne

8. Intellectuels italiens nés entre 1955 et 1961.

serait-ce qu'à travers ses livres magnifiques, la Pia mûre puis malade mit en œuvre de tels processus de simplification et de purification intérieure qu'on serait presque tenté d'affirmer que les difficultés de la vie rendent les gens meilleurs et plus forts. Pour ma part, je ne le crois pas, je n'admettrai jamais qu'un chagrin ou une maladie possèdent une quelconque utilité ; cette pensée n'est qu'une consolation moralisatrice et, de toute façon, je renoncerais volontiers à ces fameux fruits de la souffrance. Nous ne sommes pas nés pour devenir sages, mais pour résister, échapper et voler un peu de plaisir à un monde qui n'a pas été conçu pour nous. Pia fit habilement contre mauvaise fortune bon cœur, je n'ai jamais connu d'être plus courageux qu'elle, mais je suis certain qu'elle partageait mon opinion. J'aime donc l'évoquer à l'époque où tout devait encore arriver, prendre forme. L'époque de l'effronterie, de la timide effronterie de Pia. S'il est vrai que la perception des espaces est déterminée par le temps nécessaire pour les parcourir, Milan et Rome étaient à la fin des années quatre-vingt beaucoup plus éloignés qu'ils ne le sont aujourd'hui. Les trains longue distance s'appelaient « rapides » et, malgré l'arrivée des « intercités », il fallait encore supporter un voyage de plus de six heures pour aller d'une de ces villes à l'autre : deux fois plus qu'aujourd'hui. En proportion, le soir de la photo, Pia semblait être venue de Zurich pour nous voir. Il lui arrivait également d'être à Rome pour des affaires liées à son travail de traductrice et de chercheuse en littérature russe, et à l'Union soviétique alors en voie de dissolution avec son grotesque empire de bureaucrates, de militaires, d'espions, d'affairistes. Désormais – et ce même avant 1989 –, il était un peu plus facile, pour les écrivains et les artistes soviétiques, d'entrer en Italie et d'y séjourner brièvement afin de présenter un livre ou de participer à un colloque. Aussi Pia emmenait-elle souvent des Russes visiter les beautés de Rome, les savourant elle-même de toute son âme. J'ai un vague et très lointain souvenir d'une excursion au Celio avec Victor Erofeev (à ne pas confondre avec Venedikt Erofeiev, plus âgé) dont elle avait traduit *La Belle de Moscou*. Les relations et les amitiés que Pia avait nouées au cours de ses années d'études en Russie n'étaient toutefois pas exclusivement issues du monde des écrivains et des intellectuels. Un jour, elle installa chez moi une espèce de mystique à moitié cinglée, une sublime créature aussi luisante qu'une poupée en bois peint, aux yeux sans cesse voilés, comme de larmes imminentes ou tout juste versées, m'encourageant même à tenter ma chance avec elle si l'occasion se présentait ou si l'atmosphère adéquate se créait. Dès son arrivée, cet être déconcertant (elle se prénommait Lina, Lena ou Lana) s'enferma dans la chambre que je lui avais préparée pour n'en sortir qu'après avoir disposé au chevet du lit un certain nombre d'icônes de diverses dimensions. Elle parlait un anglais si pauvre que la conversation languissait fatalement. Qu'était-elle venue faire à Rome ? Nous finîmes par comprendre qu'elle voulait visiter les catacombes. Et de fait, un matin, nous l'emmenâmes, Pia et moi, à celles de Priscilla, près d'un croisement de feux rouges très fréquenté qui était, du temps de ces premiers chrétiens, un recoin champêtre et solitaire, non loin de la via Salaria. Nous contemplâmes quantité de niches creusées dans la pierre, de vénérables symboles de l'âme et du salut (navires, poissons, clefs...) peints en couleurs blafardes et autres objets typiques des catacombes. Notre invitée s'isolait sans cesse, comme si elle était la seule à percevoir, dans ces ténèbres, des présences cachées, au contraire, aux regards moins mystiques, profanes. Elle murmurait du bout des lèvres des invocations ou des prières adressées à l'âme bienveillante d'un martyr chrétien ou à la poussière des ans – je l'ignore. Par chance, elle visita en solitaire les autres hypogées, armée d'une liste établie en Russie. Le reste du temps, elle demeurait dans sa chambre, assise au bord du lit dans un état apparent de triste inactivité. Exercices mystiques ? Pure idiotie ? Comment le savoir ? Il est toujours difficile de faire la part des choses. Dostoïevski lui-même… Un matin, j'entrai involontairement dans la salle de bains alors qu'elle sortait de la douche. Tout en lui présentant mes excuses, je ne pus m'empêcher d'admirer son corps parfait, mais l'inexpressivité presque totale de ses yeux gris excluait toute possibilité de désir, de malice. Elle avait sur les jambes des poils si longs qu'on en venait à songer à une sublime créature enchantée, une ruisselante femme-chèvre des forêts du Caucase. Quand je lui confiai le malaise que cette cohabitation suscitait en moi, Pia m'exhorta à tenir bon quelques jours de plus. Elle était elle-même incapable d'expliquer le charme qu'exerçait sur elle cette fille, nièce d'un célèbre théosophe et spiritiste persécuté par le régime soviétique. Une sorte de fasciste russe, si mes souvenirs sont bons, dont l'ineffable nièce tentait de ramener à la vie les enseignements ésotériques.

L'exploratrice de catacombes n'est qu'un exemplaire de ce qu'il est possible de définir comme une vaste et déconcertante galerie de cas humains. Les individus dotés d'une âme curieuse et réactive, comme l'était Pia, se distinguent très souvent par l'imprévisibilité de leurs attachements, de leurs amitiés. Quoi qu'il en soit, on pourrait dire qu'elle était attirée par l'authenticité, mais en dehors du fait que chacun attribue à ce mot le sens qu'il veut, il faut ajouter à la liste, dans le domaine amoureux, des sujets authentiquement dangereux car faibles ou salauds, ou en raison de mille autres motifs, et qui, pour Pia, se retrouvaient tous, au moment des bilans amers, dans le concept de « vermine ». D'innombrables êtres humains reçoivent un destin qui consiste à obtenir beaucoup plus de bonheur en amitié qu'en amour. Hélas, ils n'acceptent pas facilement ce sort, étant victimes au même titre que les autres du purin sentimental concernant l'« âme sœur » que nous suçons dès l'enfance dans les romans, dans les chansonnettes, dans les films. Par conséquent, ils tombent amoureux en croyant accéder à un niveau supérieur de l'expérience et à leur propre accomplissement, et ils gâchent tout simplement l'existence qui leur échoit. Et puis – il ne faut pas l'oublier –, de même qu'on naît homosexuel ou hétéro, de même on naît sadique ou masochiste. Pia, cette charmante « demoiselle anglaise », si séduisante qu'elle n'a jamais semblé regretter la beauté qui lui faisait défaut, était, dans la sphère d'action sentimentale, une masochiste invétérée, une victime volontaire à embrocher. J'ai encore devant les yeux la photo qui la montre cherchant un disque en compagnie de Rocco. La nature de Rocco, sa tendance innée fondamentale était à l'opposé de celle de Pia, c'est-à-dire sadique. Mais, comme ils nourrissaient des obsessions différentes et inconciliables, tous deux entretinrent jusqu'au bout un lien transparent et heureux, chose qui arrive quand Éros, cet infâme oisif, s'abstient d'intervenir. Quoi qu'il en soit, on peut entrevoir la vie sentimentale de Pia dans le début mémorable de son dernier livre (les italiques sont de moi) : « Voici quelques années, en effet, un jour de juin, un homme *soi-disant amoureux de moi* observa, *sur un ton de reproche*, que je boitais[9]. » C'étaient les premiers signes de la SLA, le début de cet inexorable calvaire que Pia a affronté essentiellement en solitaire, malgré ses amis, sa mère, les gens qui travaillaient sur ses livres, tous ceux qui l'ont aidée et certainement Macchia, sa dernière chienne. Mais cette phrase, cette situation sont glaçantes. Il est impossible de glisser dessus. Au moment où Pia se met à boiter légèrement,

9. Pia Pera, *Ce que je n'ai pas encore dit à mon jardin*, traduction de Béatrice Vierne, Arthaud, 2019.

elle a environ cinquante-cinq ans, un âge auquel les ennuis et les mauvaises fréquentations devraient appartenir depuis longtemps au passé. Comment se fait-il qu'à cet instant décisif elle soit encore flanquée, telle une déséquilibrée de vingt ans à la recherche de nouvelles expériences, d'un type soi-disant amoureux d'elle et, par surcroît, apparemment agacé par sa boiterie ? En grand écrivain, Pia ouvre son récit en condensant en quelques mots une prémisse psychologique fondamentale, l'explication de toutes ces nuits passées seule à attendre la mort, qu'elle s'apprête à relater dans son livre. Lorsque je dis que Pia tendait fondamentalement au masochisme, je sous-entends qu'elle était satisfaite d'être ce qu'elle était, qu'une partie d'elle-même tirait à l'évidence du plaisir de la proximité de cette fameuse « vermine ». Mais alors qu'elle tenait le journal intime de sa fin de partie, aux multiples pages inoubliables, ce jeu ne l'intéressait plus, non parce que la maladie et la souffrance comportent nécessairement un détachement par rapport à ce qu'on a été, mais parce que, tout simplement, il ne servait plus à rien. En commençant à boiter, Pia s'était aventurée sur un terrain escarpé de l'existence et, sous de nombreux aspects, inaccessible, où plus aucune « vermine » ne pouvait la rejoindre ou la surprendre, et elle écrivait son compte rendu depuis ce lieu, comme d’une base arctique, d’une colonie sur une lointaine planète.

Je l'imagine à l'aube, dans le pensionnat des sylvestrins, se préparant un café sur le brûleur d'une petite cuisinière commune. Puis, ayant allumé la première des multiples cigarettes de la journée, il s'assied à sa table toujours bien rangée – un seul livre, un seul cahier noir, son stylo. À l'heure de décider concrètement à quelle science se consacrer pour de nombreuses années, Rocco choisit une voie de sobriété déconcertante, digne de ses pull-overs gris. Lorsque j'ai fait sa rencontre, dans un couloir de la faculté de lettres, à une occasion que je ne me rappelle pas, il jouissait déjà d'un certain renom en tant qu'esprit brillant, futur chercheur, intellectuel. Il avait accumulé des connaissances très raffinées en théorie de la littérature, ou, mieux, dans l'analyse sémiologique ou sémiotique des textes littéraires. Aujourd'hui, il est difficile ne serait-ce que de concevoir le genre de prestige qu'exerçait sur les jeunes esprits cette philosophie structuraliste qui proposait d'émanciper définitivement l'esprit humain des ténèbres de l'empirisme et de l'approximation (comme si l'esprit humain, laissé libre de choisir, ne se repaissait pas justement de ténèbres et d'erreurs, ne se prélassait pas dans les approximations!). Rocco maîtrisa rapidement les textes sacrés, *Morphologie du conte* de Propp avec une introduction de Lévi-Strauss, *Essais de linguistique générale* de Jakobson, *Sémantique structurale* de Greimas. Avant même d'obtenir sa licence, il écrivait des articles et de brefs essais pour les revues les plus extrémistes dans ce domaine – des périodiques importants, tels *Alfabeta* et *Strumenti critici*. De son mémoire, consacré à l'analyse sémiologique du mythe et du roman, il tira son premier livre. Je conserve encore ce petit volume au graphisme si austère qu'il se révèle malgré lui élégant. Il s'intitule *Mythe/roman* – comme si la simple conjonction, « mythe et roman », risquait de passer pour une concession, pour une frivolité, pour une dérogation à sa résolution drastique d'imposer un ordre algébrique aux sujets turbulents que sont les mythes et les romans. Son professeur lui-même, qui voulait plus sagement l'envoyer à Catane étudier les manuscrits de Giovanni Verga, n'avait pas réussi à le détourner de ces projets de connaissance exacte sans le moindre frisson humain, sans une ébauche de subjectivité. De mon point de vue, tous ces efforts avaient le goût évident d'une occupation pour déséquilibrés.

Je n'arrivais pas à comprendre (et je ne l'ai pas compris par la suite, pour dire la vérité) à quoi servaient ce langage, cette frénésie d'abstraction et de classification, ce désir de démonter des jouets qui fonctionnent très bien même s'ils sont cassés. Les grands maîtres que j'ai mentionnés plus haut, tels que Propp et Jakobson, étaient des génies, c'est indéniable, mais dans les mains de leurs épigones ce jeu était devenu insensé, involontairement comique. Plus que toute autre chose, ces élucubrations m'évoquaient le style des communiqués des Brigades rouges. Comme dans le tristement célèbre groupe de terroristes, des repentis avaient commencé à se multiplier parmi les sémiologues et les structuralistes : Roland Barthes, l'apostat le plus renommé, se lança dans l'écriture de ses derniers et splendides livres sur l'amour et sur sa mère, et au diable les schémas, les diagrammes, la « mort de l'auteur », etc. Mais, somme toute, l'idéal ou la chimère d'une « science de la littérature » menait encore les débats à l'époque où Rocco faisait ses études universitaires. Mon incompréhension totale de cette aridité programmatique fut pendant des années le sujet d'une interminable plaisanterie entre nous. « À quoi te sert ce truc ? – C'est *important*. – Important pour qui ? – Pour comprendre. – Mais qu'est-ce que tu dois comprendre ? » – et ainsi de suite, à l'infini. Nous avions énormément de temps pour discuter en buvant une bière ou en attendant le début d'un film. Nous sortions tous les soirs, parcourant un circuit d'habitations d'amis et de points de ralliement publics entre les deux rives du Tibre, et, si le téléphone portable n'existait pas encore, il n'était pas difficile de se retrouver. Ma mémoire s'effrite en une série d'images semblables à un tas de photos jaillies d'un tiroir qu'on a renversé sur une table : je vois Rocco vêtu d'un loden foncé à un concert de Tuxedomoon, à la première d'un spectacle de Carmelo Bene[10] qui lui plut énormément (*Hommelette for Hamlet*), à une drogue-party organisée dans une villa aux alentours de Rome par des hippies que nous avions rencontrés quelque part. À une exposition des gravures de Rembrandt, nous observons les détails les plus infimes avec une loupe fournie à l'entrée. Par un soir d'automne, je l'aide à transporter, depuis la teinturerie jusqu'à son domicile, le long de la via Flaminia, un tapis acheté lors d'un voyage au Maroc. Nous nous soûlons au Campari dans un vieux bar de la piazza della Pigna dont le nom (« Gelocremeria ») et l'enseigne au néon

10. Célèbre acteur de théâtre, metteur en scène, dramaturge italien (1937-2002). Il fut lancé au cinéma par Pasolini (*Œdipe roi*).

nous ravissaient. Nous sommes assis à la table d'un autre bar, devant la porta Pia, par un après-midi du printemps 1987, époque où les nouvelles sont encore lentes et empruntent le circuit du bouche-à-oreille, quand un ami croisé par hasard nous apprend que Primo Levi s'est suicidé. Une dizaine d'années plus tard, c'est Rocco qui m'appelle pour m'annoncer qu'Arturo Patten, notre grand ami et maître de vie, s'est pendu dans un hôtel d'Agrigente. En une série d'innombrables images qui se superposent dans ma mémoire, je le vois dans un coin du grand studio photographique de Marco Delogu, au Trastevere, où nous avons passé un nombre incalculable d'après-midi et de soirées. Nous formions avec Marco un trio très stable. Il était le seul d'entre nous à avoir percé précocement. Dans son studio, via Natale del Grande, venaient poser Moana Pozzi[11] et Werner Herzog, pour donner deux exemples. C'était moi qui avais présenté Marco à Rocco – cela m'est souvent arrivé dans la vie –, et il naquit entre eux une amitié tempétueuse et, sous certains aspects, exclusive : la plus importante de leur existence à tous deux, je crois. Une autre série très fournie

11. Célèbre actrice pornographique et présentatrice télévisée (1961-1994).

de souvenirs me montre Rocco en Calabre, dans le village de mes parents, où il aimait se rendre ou séjourner pour faire une halte dans son trajet entre Rome et Reggio, l'été ou pendant les vacances de Noël et de Pâques, et où tout le monde l'aimait; il jouait aux cartes avec mon oncle et ses amis, parlait de vieilles recettes avec ma grand-mère, défiait au billard les meilleurs joueurs du coin.

Je n'ai aucune difficulté à retrouver parmi toutes ces images mentales des expressions de rire, de joie et de curiosité. Un souvenir isolé peut être parfaitement gai et insouciant, comme une marguerite qui s'ouvre entre deux gelées. Une chose est certaine, Rocco était capable de bien se porter – et même davantage que bon nombre de ses semblables. S'il brûlait la vie avec une dangereuse intensité, à croire qu'il était doté d'une mèche se consumant plus rapidement que celle des autres, c'était justement parce que la capacité de jouir était chez lui aussi vigoureuse que la capacité de souffrir. Les derniers temps, on lui diagnostiqua une personnalité bipolaire. Un mot qu'on jugera approprié à son cas, y compris en l'absence de connaissances psychiatriques. Les montagnes russes de son humeur prévoyaient des plongeons vertigineux et des remontées tout aussi abruptes, qui alternaient très rapidement. Je reste persuadé que ces définitions scientifiques sont valables jusqu'à ce que l'individu auquel on les a accolées, justement parce qu'il est un individu, effectue un écart de côté : alors, il n'y a plus, derrière ce virage, aucun nom pour le poursuivre. « Il y a toujours quelque chose d'absent qui me tourmente[12] », disait Camille Claudel, l'élève de Rodin, malade chronique des nerfs. *Quelque chose d'absent.* Appelons-le ainsi. Il est possible que ces choses-là soient inhérentes à la vie de tout un chacun et que certains y prêtent plus d'attention que d'autres. S'il en est ainsi, le bonheur devrait consister, dans une certaine mesure, en une attention toujours moindre à sa propre personne. Je vous en donnerai du « souci de soi » ! Moins on sait qui on est et ce qu'on veut, mieux on se porte. Au long des nombreuses années de notre amitié, j'ai toujours souhaité à Rocco un peu plus d'insouciance. Or cette forme de sagesse lui était totalement étrangère. Il faisait ce qu'il est en général possible aux êtres humains de faire : il opposait une résistance. Et il ne se contentait pas de se tirer d'affaire, il voulait une vie digne d'être vécue, pleine de sens et de plaisir. Après sa licence,

12. Lettre à Auguste Rodin, août 1886, in *Correspondance*, édition d'Anne Rivière et Bruno Gaudichon, Gallimard, 2003.

il emménagea à Monti, un quartier assez malfamé, à l'époque, pour garantir des loyers raisonnables : un autre de ces endroits où les « toiles d'araignées » ne manquaient certes pas. Il y demeura longtemps, entre la via Baccina et une mansarde, via del Boschetto, dont le toit était si pentu que tous ses amis finissaient par se cogner la tête à l'une de ses énormes poutres noueuses, comme en un rite d'initiation à une confraternité. Une carrière de spécialiste des lois du récit, de sémiologue, de professeur universitaire semblait s'ouvrir, toute droite, devant lui. Il fut reçu à un concours d'enseignement (je l'avais aidé pour les questions de géographie en feuilletant un vieil atlas), puis à un doctorat à Paris qui lui permettrait pendant des années de se consacrer à ses recherches. Ce ne sont pas des étapes faciles, pourtant il paraissait né pour ça et, s'il l'avait voulu, il aurait réussi, c'est évident. Mais il ne le voulait pas. Comme je l'avais soupçonné dès le début, toute cette science ne s'était pas solidement enracinée en lui. Quand il eut épuisé l'énergie nécessaire pour se l'approprier, il découvrit que les structures du récit ne lui importaient pas plus qu'une chaire à l'université. Évidemment, nous discutâmes beaucoup de ce changement de cap tout en arpentant la via dei Serpenti, au téléphone, lors des pauses cigarette devant l'entrée de la Bibliothèque nationale, durant nos voyages sur l'autoroute vers la Calabre. La perspective d'une vie de chercheur le jetait dans le plus profond désarroi, je l'avais bien compris. Hypocrite et hiérarchique, pour ne pas dire servile, le mode de vie universitaire n'était pas fait pour lui. Il en profiterait pour passer un peu de temps à Paris en rédigeant distraitement une thèse de doctorat, mais il désirait être libre de se consacrer à ce qui l'intéressait le plus. Il avait toujours écrit des poèmes, de courtes et foudroyantes strophes de trois ou quatre vers, cependant c'était la prose qui avait aimanté avec force toutes ses ambitions. Il était inutile d'objecter que nombre de professeurs universitaires menaient une vie tranquille qui leur laissait le temps de composer tous les romans qu'ils voulaient: historiques, érotiques, psychologiques, de science-fiction... Au fond, qui avait écrit *Le Nom de la rose*? « Je ne cherche pas un hobby », répondait-il invariablement en brandissant un étendard de fierté et de confiance en soi. Lorsqu'il prenait une décision, Rocco la consolidait en coupant tous les ponts derrière lui. Il se voyait, il souhaitait se voir, comme un joueur qui mise tout sur un seul numéro. Il ne se fiait qu'aux vocations capables de l'engloutir totalement. En s'engageant dans une direction, il se démenait pour ne pas avoir à retourner au carrefour. De même qu'il s'était fourré méticuleusement dans le crâne les concepts et les définitions abstraites de la linguistique et de la sémiologie, de même il se mit à écrire son premier roman avec une sévérité programmatique et un entêtement éprouvé. De cette activité quotidienne, qu'il affrontait avec la disposition d'esprit d'un casseur de pierres, il n'a jamais tiré, selon moi, aucune forme de réconfort ou de gratification. Et c'est, me semble-t-il, un nœud décisif de l'histoire que je raconte. À partir de son premier livre et au cours des quinze années suivantes, jusqu'au jour de sa mort, Rocco a pratiqué scrupuleusement et obstinément une sorte de *pénitence* qui consistait à écrire des romans. Comme s'il creusait une galerie dans une montagne de souffrance, de malaise. Mais dans l'idée implicite qu'il trouverait, en débouchant de l'autre côté, exactement ce qu'il y avait au point de départ. On ne peut rien imaginer de moins approprié à Rocco que ce fameux titre, *Le Plaisir du texte*. Certes, quand on écrit en tapant tous les jours sur un clavier, en se trompant dans les mots jusqu'à ce qu'on ait le sentiment d'avoir déniché le bon, en résistant aux sirènes du découragement, on doit posséder un tant soit peu de vitalité. Rocco n'a certes pas fait exception à la règle. Il avançait au rythme de deux pages par jour et en parlait comme s'il avait trouvé une méthode infaillible, une recette magique. Or, tandis qu'il donnait forme à l'image d'un monde dominé par une sombre fatalité et privé de rédemption, il paraissait lui-même irrésistiblement attiré en son centre. Mieux, on aurait dit que ce monde sobre et inconsolable débordait de l'écran de l'ordinateur en projetant une lumière grise et uniforme sur l'autre versant du miroir, en assujettissant à ses lois inexorables son créateur, sorte de démiurge imprudent, dépassé et emporté par la matière qu'il se croyait capable de modeler et de dominer à sa guise.

Il n'était jamais satisfait de quoi que ce soit. Dans l'histoire mondiale de la littérature, il est difficile d'imaginer un auteur qui ait jugé aussi négativement le moindre aspect de son travail – couvertures, ventes, qualité des critiques et relations avec les éditeurs. Comme l'amour (mais il faudra revenir sur ce point), l'écriture stimulait chez lui deux de ses talents les plus dangereux et les plus destructeurs : l'art de se tourmenter pour des motifs futiles et celui d'être déçu par son prochain. Cesare Garboli[13], qui était pour nous, à l'époque, une espèce de gourou et de protecteur grincheux, avait vu juste en lui déconseillant solennellement, au cours d'une de ses scènes mémorables, de choisir une forme d'existence – celle du romancier – qui, à son avis, n'était pas faite pour lui (« Rocco, tu devrais vivre dans une cellule, comme un moine, en compagnie de vieux livres et d'un chat dont prendre soin !!! *Ce n'est pas pour toi !!!* »). Et pourtant, vue de l'extérieur, sa carrière littéraire n'est en rien celle de l'exclu, de l'incompris. *Ouvert en août*, son premier roman, était sorti chez Theoria en 1993, après de brefs limbes éditoriaux qui l'avaient évidemment énervé et frustré. Quoique de petite taille, cette maison d'édition avait découvert et lancé habilement des auteurs très significatifs de ces années-là, de Marco Lodoli à Sandro Veronesi, en passant par Giulio Mozzi, Sandro Onofri, Sandra Petrignani et bien d'autres. Rocco venait de franchir la *shadow line* des trente ans et, je l'ai déjà rappelé, il considérait la publication de ce livre comme une sorte de Rubicon. « Dans tout commencement, il

13. Critique littéraire influent, essayiste et traducteur (notamment de Molière) (1928-2004).

y a l'éternité », a dit un grand poète[14]. Dans sa brièveté, *Ouvert en août* possède en lui toute sa littérature suivante : sa tonalité émotive fondamentale, son attitude stylistique, l'organisation de son récit. Je transcris les premiers mots, parce qu'ils m'apparaissent à la fois comme un autoportrait artistique et un horoscope. « La lumière a envahi tous les coins, elle efface toutes les ombres et donne à toutes choses une couleur uniforme[15]. » J'avais entamé ces souvenirs en évoquant la cohésion et la *ressemblance* des traits de caractère, des goûts et des habitudes de Rocco. Or la liste serait faussée par une absence trop voyante si l'on n'y ajoutait pas cette façon d'écrire qui procédait lentement et régulièrement, à l'image du temps dans une salle d'attente. Mais attente de quoi ? Attribuée à la lumière d'été dans la phrase que j'ai citée, l'*uniformité* est le principe de base du style de Rocco. Un ordre imperturbable règne sur la structure de sa phrase, excluant tout réflexe émotif, toute perte de contrôle. Que les personnages s'expriment à la première personne ou que les événements soient racontés à la troisième, la

14. Hugo von Hofmannsthal, *L'Homme difficile*, traduction de Jean-Yves Masson, Verdier, 1992.
15. Notre traduction, Le Serpent à Plumes, 1998.

narration, littéralement, *ne cille pas*, pas même quand elle se penche sur des abîmes incommensurables d'angoisse et de souffrance, sur des deuils, des privations et des découvertes désagréables. Ou plutôt, le défi est toujours identique : opposer au chaos, à la force du négatif, à ce que j'ai déjà défini comme les Furies, la certitude d'un contrôle rationnel. De son côté, le vocabulaire est réduit au strict minimum, et toute imitation de l'oralité exclue *a priori*. Fruit d'innombrables renoncements et d'une implacable orthopédie, la langue de Rocco est une langue totalement écrite, pas plus proche du magma de la réalité, en fin de compte, que du latin d'un humaniste du XVe siècle. Je peux témoigner, à ce sujet, de la profonde impression qu'avait exercée sur lui, du temps de ses études, l'introduction de Giorgio Agamben à une réimpression du *Petit Enfant* de Giovanni Pascoli. Un magnifique essai où le philosophe s'attarde longuement sur le « désir d'œuvrer dans une langue morte », dont témoigne l'usage que Pascoli fait non seulement du latin, mais aussi, et plus encore, de l'italien. L'horreur du parlé doit être inscrite dans une stratégie qui vise toujours à contenir, apprivoiser, tenir à distance la puissance de l'irrationnel, de l'imprévisible. Il en résulte également une espèce d'abstraction perpétuelle. Rocco se moque bien de nommer la ville où se déroulent ses histoires. En plaisantant, je lui disais parfois que le monde de ses livres m'évoquait celui des illustrations des rébus dans *La Settimana Enigmistica*[16]. Toutes les choses étaient reconnaissables, réelles, néanmoins un pas les séparait de leur tangibilité. Si elles existaient, c'était grâce au mot exact et générique qui les nommait. Armé d'un plumeau invisible, Rocco ôtait de chaque objet la poussière de l'expérience. Bref, c'était un monde composé de *noms communs* : rues, arbres, églises, magasins, voitures, appareils électroménagers.

Pour quelqu'un qui se plaignait sans cesse du peu de considération que lui réservaient ses contemporains, Rocco a joui d'un traitement éditorial plus qu'enviable. À un rythme presque régulier, après le premier roman, sont sortis chez des éditeurs importants *Il Comando* en 1996 et *Le Siège* en 1998[17] (Feltrinelli), *L'Apparizione* en 2002 et *Libera i miei nemici* en 2005 (Mondadori). Cependant sa déception, il faut l'admettre, n'était pas totalement infondée. Du reste, il n'existe pas de véritable

16. Célèbre hebdomadaire de mots croisés et de devinettes publié depuis 1932 en Italie.
17. Notre traduction, Fayard, 2001.

satisfaction dans la vie humaine, et il suffit d'imaginer des motifs de frustration pour en trouver de tout prêts dans la réalité. Si cette règle est universellement vraie, elle l'est encore plus pour le champion du ressentiment cosmique qu'était Rocco. Il perçut dès le début que ses livres n'étaient pas des ouvrages à succès. Mais il ne se rendait pas compte que sa littérature, tout en ascèse, retenue et tristesse, s'adressait à des becs fins. Ses personnages, qui semblent observés à travers le verre d'une lunette renversée, ne suscitaient pas l'émotion capitale, dans ces affaires d'approbation littéraire, à savoir l'identification. Comment un individu qu'on aurait dit privé de paupières aurait-il pu cligner de l'œil au lecteur ? Comme d'habitude, Rocco, qui ne pratiquait jamais l'art, pourtant fort sage, de contourner les obstacles insurmontables, se mit à couper en quatre le cheveu fuyant du succès. Il avait, de son côté, des exemples très nobles : des écrivains tels que Henry James ou Joseph Conrad considéraient comme indignes les tirages et les ventes très maigres de leurs romans, ils s'en sentaient même coupables. Un romancier sans lecteurs, pensaient-ils, est comme un état-major sans armée. Je me souviens d'après-midi entiers passés à examiner le problème sous tous les angles. À l'époque, Rocco était marié à Samantha Traxler, et j'effectuais de brefs et fréquents séjours chez eux, dans la splendide villa que la famille de Samantha possédait à Nugola, non loin de Pise. Une villa au plan vénitien typique, toutefois construite, comme en vertu d'un caprice ariostin, dans la campagne toscane, avec d'énormes cheminées, ainsi que de lugubres et poussiéreux trophées de chasse accrochés aux murs immenses, entourée d'un vaste parc où des dizaines de daims vivaient librement. S'il avait plu pendant la nuit, Rocco partait cueillir des champignons, que nous mangions le soir en espérant ne pas avoir commis d'erreur fatale dans notre choix. Mais il valait mieux risquer d'être empoisonné plutôt que de mettre en doute ses compétences en la matière. Un panier en osier au bras, il aimait s'enfoncer dans le bois à la recherche d'oronges ou de cèpes. C'était, en théorie, ce qu'on pourrait appeler le *bon temps* de Rocco. Et ça l'était certainement, en partie, à certaines occasions. Il aimait Samantha et avait intégré à son nombreux groupe d'amis romains ceux qu'ils s'étaient faits à Paris. Quand l'été arrivait, les soirées à Nugola rassemblaient des centaines de personnes et duraient jusqu'à l'aube. Dans le garage étincelait, tout astiquée, une BMW rouge, cadeau de mariage de ses parents. Une nouvelle identification romanesque se produisit au cours de cette période. Don Ciccio Ingravallo devint le fantôme d'une époque d'adaptation désormais révolue. C'était à présent Jay Gatsby qui fournissait à Rocco une idée totale de sa personne. Hélas, tous les miroirs que la littérature nous offre sont aussi déformants que ceux des fêtes foraines, ils nous rendent invraisemblablement minces ou obèses en nous forçant à nous reconnaître dans cette déformation. Or rien ne nous ressemble vraiment, pas seulement dans les livres, mais aussi dans l'univers ; nous ne nous ressemblons pas à nous-mêmes, et toute forme d'identification n'est en fin de compte que la juxtaposition fortuite d'ombres fugitives. Il est bien vrai que Rocco voyait dans la trajectoire du héros de Fitzgerald des vérités qui ne pouvaient pas le laisser indifférent. Dans *Gatsby*, comme dans son grand modèle, le *Martin Eden* de Jack London, autre livre que Rocco consultait comme une bible, le thème des origines obscures et de l'ascension sociale devient prépondérant et s'attache non seulement à une carrière (d'activités illégales pour Gatsby, littéraires pour Martin Eden), mais aussi au lien (impossible) qui unit le héros à une femme d'un milieu nettement supérieur au sien. Rocco a tellement répété et décliné dans toutes ses nuances possibles ce schéma – soit la conquête de la fille *de bonne famille* – que j'ai du mal à ne pas m'attarder sur cet aspect de son histoire. Car il ne peut s'agir d'un hasard. Il était trop élégant pour concevoir, ne serait-ce que de loin, un avantage de nature matérielle dans ces liens. Pourtant, la haute bourgeoisie et, dans certains cas, l'aristocratie exerçaient sur lui un charme lié au sentiment qu'il avait d'être un déraciné et, en dernière analyse, un *parvenu*. Charme qui se transformait facilement en tension érotique. Il disait toujours qu'il ne servait à rien de modifier ses propres traits, de faire effacer ses tatouages, de changer de nom et d'adresse : l'origine sociale vous suivait comme une ombre, comme un signe indélébile et révélateur, le seul capable de distinguer les hommes entre eux. Et il entrevoyait toujours chez les femmes qu'il aimait (il les aimait vraiment, de façon impétueuse et possessive) une faiblesse, une compréhension de la réalité limitée par le privilège, à laquelle il remédierait, lui qui avait conquis toutes choses en partant de ce qu'il considérait comme le degré le plus bas. S'il existait une façon de faire enrager Rocco, de le piquer au vif en stimulant toutes ses défenses, c'était justement de lui signaler que sa vie amoureuse épousait avec une cohérence impressionnante ce schéma narratif pour le moins catastrophique. Ce fut le sujet de furieuses disputes entre nous, suivies d'interminables bouderies et de petites flèches. Comme tant de ses amours, j'appartenais à ce milieu auquel il associait *ipso facto*, avec une naïveté surprenante pour un homme de son intelligence, une existence plus facile et plus protégée. Et je m'obstinais à lui rappeler que lui-même n'était pas né dans un camp de réfugiés érythréens ou dans un bidonville brésilien. D'accord, il s'était construit tout seul, personne ne le niait, mais il mythifiait excessivement des différences d'origines et d'éducation qui m'apparaissaient comme de simples nuances dans la grande mer de la normalité bourgeoise. Ce qui me désolait, c'était que, dans ses accès d'orgueil et de rancune, il négligeait l'individu au profit d'abstractions sociologiques vraisemblables, certes, mais approximatives, comme tout ce qui concerne l'humanité en général. Alors que la vie des individus, en tant qu'êtres mortels, est difficile sans distinctions, et que certains avantages établis par le sort peuvent se révéler des obstacles ou être, en fin de compte, totalement négligeables. Le comble de ces disputes, c'était qu'elles ne servaient absolument à rien : il était impossible de convaincre Rocco de quoi que ce soit, et si, à un moment donné, il désirait se réconcilier avec cette urgence même qui l'avait conduit à empoigner la hache de guerre, aucune science dialectique n'était suffisamment efficace pour lui faire changer d'avis. Nous avions inventé un jour un dialogue apocryphe de Platon intitulé le *Rocco*, comme le *Phèdre* ou le *Cratyle*, où le pauvre Socrate, avec sa célèbre maïeutique, rentrait chez lui, bredouille, vaincu par l'entêtement surhumain de son interlocuteur. Mille fois Rocco s'est réconcilié avec moi, avec Marco, avec ceux qui l'aimaient. Plus tard seulement, alors qu'il n'était plus de ce monde, nous avons été nombreux à nous rendre compte que ces polémiques, ces entêtements, cette agressivité explosive que l'alcool favorisait souvent concernaient la couche la plus intime et la plus vulnérable de sa nature, qu'ils étaient un moyen d'occuper le centre de l'attention et de réclamer cette affection dont il se croyait toujours créditeur. Il lui était impossible de percevoir une affection silencieuse et privée de manifestations tangibles. Et si le prix de ce qui lui était indispensable consistait à culpabiliser les autres, alors qu'ils se sentent coupables !

En plaçant non seulement sa personne, mais aussi ses livres dans cette difficile et chimérique arène affective, Rocco n'avait pas obtenu de la littérature de quoi l'apaiser, loin de là – on le comprendra aisément. Et s'il n'y avait pas eu les mauvaises ventes, ou l'air de condescendance qu'il décelait chez tel ou tel critique littéraire, son infélicité se serait certainement mise à couver d'autres œufs. Nous croyons être malheureux pour une raison ou pour une autre, sans nous rendre compte que c'est justement l'infélicité qui produit en permanence son théâtre de causes, lesquelles ne sont en réalité que les masques qu'elle adopte, et nous passons une bonne partie de notre vie – pas toute, espérons-le ! – aux prises avec des problèmes apparents : sentimentaux, créatifs, économiques... Mais le moment est arrivé, pour moi, d'abattre une carte qu'il m'est douloureux de retourner et qui est toutefois trop importante, dans la perspective même de ce récit, pour être cachée. Garboli, dans son grand essai sur la vie d'Antonio Delfini[18], a écrit qu'il y a dans toute amitié un remords. Eh bien, si cela est vrai en général, il s'agit dans mon cas d'un remords aussi gros qu'une montagne, qui jette son ombre sur tous les mots que j'écris en ce printemps 2019, onze ans après la mort de Rocco. J'en viens aux faits : c'est justement au cours d'un de ces week-ends à Nugola, durant lequel je m'étais

18. À l'âge de dix-sept ans, Cesare Garboli fit la connaissance de l'écrivain et poète Antonio Delfini (1907-1963) qui en avait trente-neuf. Il lui consacra un essai en 1982.

peut-être aperçu avec une acuité particulière que Rocco m'écoutait en réalité fort peu, parce qu'il lui importait plus que tout d'exposer encore une fois, depuis le début, ses problèmes, que mon détachement a commencé. Il n'avait jamais été très facile de communiquer avec lui, mais à présent il ne semblait trouver de l'intérêt qu'à une seule caractéristique chez autrui : la capacité d'attention, de préférence le plus passive possible – la *fidélité*, pour employer un mot typique de son vocabulaire moral aux allures désuètes. Certes, il est toujours malaisé de donner un bon conseil, mais si votre interlocuteur exige uniquement d'être écouté, il n'y a plus rien à faire. C'est ainsi que je me suis éloigné. Rocco appartenait à un cercle d'amis très étroit, il était devenu au fil des ans un membre de la famille, comme on dit. Dans ce petit groupe de personnes, nous savions tout les uns des autres, jusqu'aux plus infimes détails physiologiques. Nous n'étions pas plus d'une vingtaine, garçons et filles, liés par un réseau de connaissances réciproques très intimes, comme c'est souvent le cas lorsqu'on est jeune et qu'il faut bien vider son sac auprès de quelqu'un. Il était absurde de rompre avec Rocco pour le simple motif que je n'arrivais pas à m'expliquer avec lui, ou que je n'accordais aucune importance au succès de ses livres, ou au succès de n'importe qui d'autre, puisque je considérais le succès comme un fait désirable en soi, mais totalement fortuit ou dépendant de circonstances impénétrables. Nous sommes toujours restés unis par le ton de la confidence. Or on peut aussi s'éloigner énormément de cette manière douce, pas après pas, sans jamais esquisser le moindre conflit. Rome est une ville particulièrement propice à ces disparitions où, paradoxalement, on finit par se rencontrer parce qu'on a les mêmes amis et qu'on vit toujours dans le même milieu, néanmoins quelque chose a produit entre deux êtres une distance sidérale. J'étais persuadé que l'époque de l'intimité reviendrait entre nous – ce qui s'est, d'une certaine façon, vérifié. Mais Rocco n'était pas de Rome, et il était trop vrai pour me pardonner cette espèce de *congé* que j'avais décidé de prendre à son égard. Il me réclama des comptes à plusieurs reprises, m'acculant dans les cordes, exigeant une réponse précise. Et je l'exaspérais en lui assurant que j'avais de l'affection pour lui, que les sentiers s'écartent parfois pour se réunir plus tard… des arguments raisonnables mais qui n'étaient certes pas une denrée acceptable pour lui. Le problème était justement là : je ne pouvais pas lui répondre parce que je n'arrivais plus à me faire comprendre, à me hisser sur le rocher lisse de son désespoir. Je n'avais pas remarqué à quelle vitesse il avançait vers une ombre plus sombre que les autres, capable de le transformer en perdant. L'adversaire qui l'avait toujours harcelé n'avait jamais porté une attaque semblable à celle qui l'attendait. Continuer de boire, dans ces conditions, fut une très grave erreur : autant ouvrir toutes grandes les portes à l'ennemi. La distance que j'avais mise entre nous (sans jamais me l'avouer pleinement) fut bientôt telle que je n'avais plus, de lui, que de vagues nouvelles, indirectes. Après d'inutiles tentatives d'éclaircissements, nous avions cessé de nous téléphoner. Et j'étais si éloigné de lui au moment du danger le plus grave qu'il me faut effectuer un bond en avant dans l'histoire que je raconte, en enjambant le trou, la déchirure dans le tissu créée par ma faute, et reprendre de l'autre côté.

Mais avant de parler du chef-d'œuvre de Rocco, je reviens volontiers à Pia, la « demoiselle anglaise »: une sorte de Mary Poppins à l'envers, en rien pédagogique, dotée de dangereuses réserves d'incohérence et de susceptibilité étrangement associées à une douceur de caractère que son attitude ironique et malicieuse trahissait parfois de manière émouvante. Nous avions fait connaissance à Frosinone en 1987, par un jour glacial de décembre. Un colloque sur Tommaso Landolfi[19] y avait été organisé et conçu sous une forme qui n'avait rien à voir avec ces événements soporifiques et solennels où une série de « spécialistes » se relaient au micro pour lire d'interminables communications, amenant le public à prier pour que le temps passe d'une façon ou d'une autre, voire à espérer secrètement qu'un tremblement de terre ou une invasion d'extraterrestres mette fin à leur supplice. Très

19. Traducteur du russe, prosateur, poète, il compte parmi les écrivains italiens majeurs du XXe siècle (1908-1979).

sagement, le programme du colloque réunissait quelques professeurs de littérature et une humanité plus hétérogène, privée de titres universitaires : des talents en herbe de diverses sortes qui publiaient des essais et des poèmes dans certaines revues underground encore en circulation à l'époque. Ce fut, comme en témoigne l'ouvrage auquel il donna lieu, un épisode unique de vitalité et de spontanéité qui n'a sans doute pas déplu au fantôme ironique, aristocratique, impeccable, de Landolfi. La contribution de Pia consistait en une communication plus longue que les autres à propos des traductions du russe que le maître avait effectuées. Les quelques jours de ce colloque, ainsi qu'une excursion sur les remparts cyclopéens d'Alatri, suffirent à semer entre nous les graines d'une amitié durable. Cela sautait aux yeux, Pia était une créature bizarre, absolument non conformiste, un véritable trésor dans le désert social et la prison des convenances intellectuelles. Ainsi, tout en étant occupée par d'austères travaux de traduction de vieux textes religieux, tels que la *Vie de l'archiprêtre Avvakum par lui-même*, elle aimait écrire des scènes de sexe d'une façon très désinvolte, c'est-à-dire sans rien estomper quand ses personnages en venaient au fait. Comme toutes les personnes intelligentes qui s'efforcent de dénicher un équivalent crédible au sexe, elle optait parfois pour des moyens qui relevaient davantage de la pornographie que de l'érotisme hypocrite et bon marché qu'on trouve dans tant de romans pour dames, lesquels sont le seul lieu au monde où les bites se transforment en « membres » et autres agréments de ce genre. Avec son recours à une terminologie qui n'a de correspondance dans aucune sorte de langage réel, la bienséance est une des formes les plus insidieuses de la laideur et de la velléité en littérature, et Pia en était beaucoup plus consciente que la plupart de ses collègues. Les partisans de la supériorité de l'érotisme sur la pornographie se transmettent depuis des siècles les mêmes bêtises rances, qu'aucune expérience pratique ne vient corroborer, à savoir que la vision estompée, indirecte, pour ainsi dire métonymique, est plus excitante que les organes et leur fonctionnement. Voyons ! Où vivent donc ces gens ? En dehors du fait que les organes reproducteurs et leurs environs sont très beaux, l'érotisme n'est autre qu'une censure adoucie par les lieux communs du racolage. Dans ces premières tentatives, Pia incarnait à la perfection une attitude philosophique – soit une façon de comprendre la vie – qu'on pourrait exactement qualifier de libertine. Le problème de ce genre d'écriture, c'est que les mots doivent susciter un frisson d'authentique lubricité chez le lecteur. En imaginant à sa manière ce qu'il lit, il se laisse en quelque sorte corrompre : Sade est le maître suprême de cette œuvre de suggestion fort embarrassante. Si je regarde une image pornographique, j'aurai une réaction suggestive, mais l'image demeure identique. L'écriture est plus insidieuse, car c'est moi qui, en lisant, donne forme et vie à une suggestion purement verbale. Cette collaboration est une forme raffinée et suprême de masturbation. Dans ses premières nouvelles, réunies en partie dans le recueil *La Bellezza dell'asino*, Pia privilégie souvent de vieilles ficelles toujours efficaces, comme le faux journal intime ou l'échange de lettres, qui créent l'illusion d'épier une confession destinée à rester secrète ou adressée à un individu particulier. J'ai relu une de ces nouvelles, intitulée justement « Lettera a Titti », où le personnage principal, une adolescente que sa mère a abandonnée à Milan pendant les vacances d'été afin qu'elle prépare ses examens de rattrapage, feint d'être une putain pour séduire un homme qu'elle a aperçu à travers la fenêtre. Ici, la grivoiserie ne consiste pas seulement en une longue nuit de sexe avec l'inconnu (qui sait très bien que l'héroïne n'est pas ce qu'elle prétend être), mais dans le fait que sa relation avec l'amie à laquelle elle décrit cette aventure, comme nous le découvrons en poursuivant notre lecture, n'a rien d'innocent. Bref, Pia présuppose que la destinataire fictive du récit est prête à s'exciter en lisant les aventures de fausse putain de son amie, ce qui est une bonne façon d'orienter la réaction des vrais destinataires, à savoir les lecteurs. Cette prémisse littéraire posée, le langage gagne en franchise et en précision : dans ce genre de choses, plus la parole est simple et confidentielle, plus elle est efficace. Je cite non sans plaisir : « Attention, c'est un extra à cent mille lires, lui dis-je, et je commence à le sucer en lui pinçant les couilles, en les tirant, en léchant tout autour. » Et encore : « Alors qu'il jouit dans ma bouche, je sens que je jouis moi aussi. Tu sais quel goût ça a ? On dirait du miel amer d'arbousier, sauf que la consistance est différente, proche de celle d'un œuf gobé. »

L'héroïne de la nouvelle de Pia est exactement ce que l'on désigne du terme de « nymphette ». Et le titre magnifique de son premier recueil, *La Bellezza dell'asino*, soit « la beauté du diable », qui décline avec ironie cette expression populaire, se ressent du « lolitisme » dans lequel Pia se trouva engluée pendant de longues années pour mener à bien ce qui a certainement constitué le projet le plus ambitieux et l'échec le plus cuisant de sa jeunesse : la réécriture du chef-d'œuvre de Nabokov du point de vue de son héroïne. Au cours de cette période, j'ai rempli, je le crains, la fonction ingrate du décourageur. Je le devine à certains passages de lettres où Pia me reprochait de lui prêter attention uniquement lorsqu'elle me parlait de l'activité qu'elle menait de front avec l'écriture – la traduction d'*Eugène Onéguine* de Pouchkine –, manifestant en revanche de la froideur face à son intention de revisiter au féminin le *Lolita* de Nabokov. À vrai dire, j'estime que la sincérité, en littérature, surtout quand on a affaire à des amis ou à des êtres aimés, est directement proportionnelle à l'état d'avancement de la rédaction et de la publication de leurs livres. Face à un fiasco en librairie, doté d'une belle couverture et d'un code-barres à côté du prix, à quoi bon s'acharner ? Il convient plutôt d'encourager et, éventuellement, de consoler l'ami, la femme ou la maîtresse en question, voilà tout. Il est inutile de critiquer le lait versé. En revanche, plus on remonte vers l'inaccompli et le réparable, phase où l'investissement psychologique possède encore des marges de sécurité, plus la sincérité a un rôle à jouer, un rôle parfois salvateur, sans engendrer de sérieuses rancunes. Aujourd'hui encore je crois avoir eu raison : la traduction d'*Onéguine* est un chef-d'œuvre de légèreté, de lyrisme, de souplesse, un véritable hommage à la langue italienne et à ses extraordinaires pouvoirs de mimétisme. *Diario di Lo*[20] (publié en 1995) n'est pas ennuyeux, il possède de très belles pages et mérite encore de trouver des lecteurs curieux ; bref, il réunit tous les ingrédients nécessaires, mais comme le dit le chef cuisinier Carlo Cracco aux candidats terrorisés du concours de télé-réalité *Hell's Kitchen*, Pia n'a pas réussi à « conclure le plat ». La raison de mon hostilité réside principalement dans le fait qu'un roman ainsi conçu ne peut qu'apparaître finalement opaque aux lecteurs qui n'ont pas lu le chef-d'œuvre de Nabokov. De même, le fait que le point de vue ne soit plus celui de Humbert, dans son récit, mais celui de Lolita ne peut être apprécié qu'à condition de connaître l'original. Bref, cette *littérature dérivée*, qui compte d'innombrables exemples, se fonde trop sur la culture du lecteur, ce qui l'empêche, à mon avis, de voler librement vers une image crédible du monde. Dans une lettre de Londres écrite sur un papier orné de magnifiques profils de Ganesh et autres divinités indiennes, Pia me reproche un idéalisme excessif ; or, aujourd'hui encore, quand je lis une publicité ou une

20. « Journal de Lo ».

critique concernant un livre de ce genre (le dernier en date que j'aie remarqué : l'*Iliade* raconté du point de vue de Briséis), je m'interroge sur l'utilité d'un tel travail. Pour rendre justice à Pia, il convient d'ajouter que sa volonté de revisiter l'histoire du point de vue de Lolita était exempte de l'absurde exigence de revanche « féministe » qui est tant à la mode aujourd'hui. Mais les désagréments liés à ce livre provinrent de circonstances extérieures totalement imprévues. Pia n'avait pas imaginé une seconde qu'il était impossible d'utiliser un personnage et une histoire inventés par un autre – à moins que, comme le dit la loi, soixante-dix ans ne se soient écoulés depuis la mort de l'auteur en question.

L'industrie culturelle moderne a exalté de manière frauduleuse l'*inventio*, qui joue dans la rhétorique antique un rôle somme toute négligeable, transformant l'écrivain en un inventeur d'intrigues protégé par le copyright. C'est ainsi que la réécriture de Pia déchaîna la fureur du fils de Nabokov, célèbre chanteur lyrique. L'édition américaine du livre fut retirée du commerce[21], ou quelque chose de ce genre, et cela donna lieu à des

21. En France, la parution de l'ouvrage, alors en cours de traduction, fut suspendue du fait de la menace d'un procès par le même Dmitri Nabokov.

polémiques intéressantes, mais pour Pia particulièrement désagréables parce qu'elles heurtaient son sentiment très vif de la justice et de l'injustice. Elle, traitée de voleuse ! Elle estimait que Vladimir Nabokov avait créé une mythologie, que les mythes appartiennent à tout le monde et à personne. De même qu'on ne peut empêcher quiconque d'évoquer à sa guise les amours de Zeus et de Léda, ou la ruse d'Hermès, de même Humbert et Lolita constituaient, à son avis, un patrimoine humain susceptible d'être reformulé sous diverses formes. Jamais de la vie, répondit Dmitri Nabokov : si tu veux le faire, aboule le fric. La confiscation américaine angoissa et blessa Pia bien au-delà des limites d'un accident professionnel normal. Elle ne supportait pas qu'on lui attribuât la moindre ombre de mauvaise foi. D'après Francesco Cataluccio, cette déception fut si brûlante qu'elle l'éloigna de la littérature, ou mieux de son rôle d'« auteure », et la conduisit à chercher d'autres voies. En vérité, Pia avait raison en théorie, une plus grande liberté devrait exister dans ce domaine ; au fond, seul son amour pour l'objet de ce prétendu vol avait éveillé une telle idée dans son esprit. Elle avait des arguments à revendre, or la loi est la loi, et elle était clairement contre Pia. Pour finir, on lui imposa un accord qu'elle estimait à tort ou à raison humiliant. Et, comme toujours dans ce genre de circonstances, elle se sentit seule, incapable de comprendre que, si son affaire enflammait les parties concernées, elle laissait les autres sans voix, ou presque.

Au cours de l'hiver 2002, j'ai reçu par la poste le tout nouveau livre de Rocco comportant une dédicace libellée dans son écriture impeccable, aussi pointue qu'une crête des Dolomites, et très générique (« En souvenir de Rocco »). Il s'intitulait *L'Apparizione* et venait d'être publié par Mondadori dans une collection de poche très élégante, réservée aux nouveautés. En couverture, un mystérieux profil féminin d'Odilon Redon. Je me rappelle avoir lu ce livre tout au long d'un après-midi pour le terminer dans la nuit, d'une traite, comme on dit. J'avançais, plein d'admiration et de chagrin pour ce que Rocco avait expérimenté durant les années où j'avais pris le large. En m'enfonçant dans la lecture de ce qui constitue, selon l'avis général, son chef-d'œuvre, je découvrais qu'il avait parfaitement mis au point une méthode *allégorique* qui est la caractéristique principale de sa prose littéraire. Il convient de consacrer quelques mots à cette méthode, parce qu'elle est certainement l'expression de la profonde originalité artistique de Rocco et la raison pour laquelle *L'Apparizione* mérite indubitablement de survivre à son auteur. Pour comprendre mon propos, il faut essayer de saisir le sens du monde indéterminé, générique et gris que Rocco dépeint dans tous ses livres. À un premier regard, il s'agit d'un décor très normal, contemporain, parfaitement reconnaissable en tant que tel. La généricité du vocabulaire évoque des immeubles, des voitures, des bureaux, des magasins, des intérieurs... Dans ce monde aux noms communs, toujours vaguement inaccessible, se trouvent, bien entendu, des personnages qui interagissent. Il nous faut un moment pour nous rendre compte que nous ne lisons pas un roman comme tant d'autres. Car, en vérité, ce monde extérieur n'existe que dans l'esprit du personnage. Mieux, c'est un espace mental, une projection, ce que les hindous qualifient de *maya*. La « maya » est un tour de magie puissant, un attribut des dieux. Le monde nous trompe en nous amenant à croire en sa propre consistance, en son existence en dehors de nous-même – ce que fait aussi le romancier. Ce qui s'agite apparemment dehors s'agite en réalité à l'intérieur d'une conscience individuelle. Illusion elle-même, son activité ne cesse de produire des illusions. En d'autres termes, la conscience raconte, et ce processus narratif est essentiellement un processus de différenciation. De même que la blancheur de la lumière se décompose dans le spectre des couleurs, de même l'espace mental se subdivise en une pluralité de personnages qui, dans leurs mouvements d'attraction et de répulsion, donnent vie à une intrigue déterminée. Les écrivains de l'Antiquité tardive et du Moyen Âge possédaient un terme technique pour désigner cette espèce de pluralité illusoire : *psychomachie*. La psychomachie typique prenait la forme d'un combat entre les vertus et les vices : Luxure affronte Chasteté ; Avarice, Charité, etc. La signification morale de ce genre d'ouvrages est la suivante : toutes ces entités font partie d'une seule réalité psychique, d'un seul individu, dont chacune personnifie une caractéristique, une tendance particulière. En additionnant tous les vices et toutes les vertus on obtient l'âme individuelle du chrétien qui se bat pour son salut. Dans la littérature de Rocco, il est inutile de le dire, ce schéma de représentation survit avec pureté, sans aucune finalité théologique et morale. Mais il suffit de lire dans cette optique *Per il tuo bene*, son livre posthume, pour s'en persuader : avec leurs caractéristiques opposées et symétriques, les deux héros ne sont-ils pas les deux moitiés d'un caractère que l'histoire s'efforce désespérément de recomposer en une lutte déchirante contre le temps ? En vérité, il me semble distinguer ce schéma dans tous ses livres, à partir d'*Ouvert en août*. L'apparition de l'autre n'est pas la manifestation d'une réelle altérité, elle souligne l'émergence d'une partie cachée, ou refoulée, de la conscience.

Au centre de la méthode de représentation allégorique se trouve le processus de la *personnification*. Non seulement les puissances et les tendances qui se disputent le gouvernement de l'individu, mais aussi toutes sortes d'émotions, de perturbations et de désirs peuvent être peintes sous les apparences d'une personne. Selon la philosophie classique, l'imagination littéraire et artistique est autorisée à représenter un *accident* comme s'il s'agissait d'une *substance*. De la même façon, dans les décorations plastiques des églises romanes et gothiques, les vertus revêtent l'aspect d'un groupe de belles femmes, et les vices, d'individus laids, d'allure désagréable. Ces figures chargées de sens nous ressemblent et, en même temps, sont plus puissantes et plus parfaites que nous. Leurs prérogatives sont celles des dieux ou des démons, y compris lorsqu'elles expriment un aspect isolé d'un individu, parmi tant d'autres. Dans *L'Apparizione*, Rocco a poussé jusqu'à ses limites l'efficacité de sa poétique en dépeignant comme une divinité muette et fuyante le dérangement mental qui mine l'existence du personnage principal. Ce qui est né dans la psyché est imaginé sous les traits d'un individu qui vient du dehors et, justement, qui *apparaît*. C'est un adolescent à l'air normal, vêtu d'un survêtement de gymnastique, qui se promène dans une maison de campagne et qu'on prend pour un voleur. Ce garçon est la *manie* qui s'empare de sa victime au point de la conduire à son extinction dans un crescendo tragiquement inéluctable qui, pour être rapporté, n'autorise que l'emploi de la troisième personne. Fruit d'un long et épuisant travail de lime, les pages qui décrivent cette théophanie sont véritablement parfaites. Rocco s'y est mis tout entier, dans le sens littéral de l'expression. C'est l'épisode fondamental de sa littérature *dans la mesure où* cela a été l'épisode fondamental de sa vie, l'expérience directe de ce Terrible qu'il n'avait plus été capable, après tant de résistance, de repousser et de différer. Une matière autobiographique vivante et palpitante, donc, c'est indéniable. Mais aussi une théologie, de la seule façon dont l'imagination d'un homme d'aujourd'hui peut la pratiquer, c'est-à-dire en réalisant la parfaite, l'inéluctable identité du divin et du pathologique. À ce propos, j'aimerais indiquer ici que je ne connais pas d'écrivain qui ait mis à profit, mieux que Rocco, la leçon artistique implicite des très célèbres essais de James Hillman qui relatent et interprètent les mythes grecs à la lumière de la mémorable condamnation de Jung : « *Les dieux sont devenus des maladies.* » Parmi les ouvrages dont Rocco ne se séparait pas, les emportant de domicile en domicile et les installant sur ses étagères impeccablement rangées, figuraient, je m'en souviens, de petits livres de Hillman que des consultations intenses et répétées avaient comme usés. C'est donc tout naturellement que, au moment de décrire l'instant précis où la corde du délire se resserre autour du cou de son héros, Rocco représenta cette rencontre destructrice avec le destin sous la forme d'une apparition divine, faisant de cet adolescent étrange et silencieux en survêtement de gymnastique, qu'on pourrait prendre pour un simple voleur, un dieu, ou mieux, comme l'aurait dit Hillman lui-même, un dieu incapable d'apporter le salut, un archétype *malade.*

Les rares et partielles nouvelles que j'avais eues de Rocco au cours de cette période correspondaient parfaitement, comme je l'ai déjà mentionné, à l'histoire que ce livre raconte. Comme le héros de *L'Apparizione,* Rocco avait traversé une crise maniaque catastrophique, une sorte de délire prolongé durant lequel il avait cru aimer une femme d'un amour partagé avec la même et folle intensité que le sien. Son mariage avec Samantha n'avait pas résisté au choc, et Rocco dut se soigner sérieusement pour survivre, continuer de travailler et se rebâtir de zéro une vie acceptable. J'avais terminé *L'Apparizione* tard dans la nuit et j'avais hâte que le jour arrive pour lui téléphoner, effaçant la distance qui s'était créée entre nos deux orbites. Se retrouver de cette façon a été agréable pour l'un comme pour l'autre. Je lui avais dit que j'avais pensé, au fil de ma lecture, à l'image poétique du naufragé de Dante qui, parvenu sur le rivage « à bout de souffle[22] », contemple la mer tempétueuse et le danger auquel il a échappé d'un fil. Cette comparaison lui plut et, avec sa précision habituelle, il me cita exactement le tercet du premier chant de « L'Enfer ». À côté d'une courte phrase de la *Description de la Grèce* de Pausanias (« Pour les êtres humains, seul l'accomplissement de l'amour vaut la vie »), on trouve en exergue de *L'Apparizione* une longue citation de l'éminent et tristement célèbre DSM, soit le *Diagnostic and Statistical Manual of Mental*

22. *La Comédie*, « L'Enfer », chant I, v. 22, traduction de Jean-Charles Vegliante, Imprimerie Nationale Éditions, 1995.

Disorders de l'American Psychiatric Association. C'est la définition de l'épisode maniaque, « période nettement délimitée durant laquelle l'humeur est élevée, expansive et irritable de façon anormale et persistante ». Cette condition s'accompagne souvent d'une « augmentation de la libido » et de la tendance de l'individu à entreprendre « des activités agréables, mais à potentiel élevé de conséquences dommageables (par exemple la personne se lance sans retenue dans des [...] conduites sexuelles inconséquentes) »[23]. La lecture de *L'Apparizione* m'avait rempli de joie en vertu du présupposé suivant : si l'on est capable de dépeindre un tel désordre, une telle catastrophe, c'est bien qu'on est sauvé. Quelque chose en Rocco avait refusé de s'identifier totalement à la maladie, et il y avait dans ce refus le germe d'un point de vue, et donc d'une histoire. Je demandai à mon ami s'il interprétait l'écriture de son livre comme une sorte de guérison. Il me répondit qu'il avait bien eu une pensée de ce genre, mais pas tant pendant la rédaction qu'après la publication, qui transformait son livre en une denrée dotée d'un prix et d'une couverture – un objet qu'on

23. MINI DSM-IV-TR, *Critères diagnostiques*, collectif de traducteurs, Masson, 2004.

pouvait en fin de compte acheter, offrir. Il s'était rendu compte qu'il ne s'était jamais aventuré aussi loin sur le territoire sauvage de la vérité. Si l'on excepte les quelques pages du début, qui paient leur tribu à une construction romanesque et qui sont les moins intéressantes, ce livre constitue en grande partie un compte rendu impitoyable d'un cas de *manie*. L'utilisation de la troisième personne (le héros prénommé Iano) souligne de façon encore plus nette et plus claire les contours d'un monde intérieur qui vole en éclats à marche forcée, sans que des remèdes authentiques et efficaces puissent intervenir. Persuadé de vivre une grande histoire d'amour, qui en réalité n'existe que dans son esprit, Iano détruit de fond en comble son existence, comme si sa réalité n'avait été qu'une illusion, une mince cloison de papier qui l'avait provisoirement séparé de la folie et qu'un seul souffle avait suffi à abattre. Angoissante et implacable dans ses étapes, la pathographie qui en résulte constitue une lecture inoubliable et un résultat artistique de tout premier ordre. Rocco en était conscient : l'expérience n'est en soi qu'une matière amorphe, privée de dimensions, esthétiquement négligeable. Une fois qu'on a doublé à la nage son propre cap Horn, quelle qu'en soit la nature, il faut encore tout entreprendre. Dans *L'Apparizione*, l'élaboration artistique débute justement au moment où l'anatomie de la folie cherche une autre route que celle du langage psychiatrique. La citation du DSM se révèle presque antiphrastique par rapport aux intentions et à la stratégie de Rocco. Non que la littérature soit plus « élégante » ou plus « métaphorique » que la psychiatrie – on peut encore moins lui attribuer d'office un degré d'authenticité ou de profondeur majeur. Une demi-page d'un écrit mineur de Freud a plus de valeur que des étagères entières de petits romans intimistes. On ne peut pas non plus affirmer qu'il s'agit d'une question de compétences, d'horizons culturels. Mais il existe une différence, et elle est probablement l'une des clefs les plus importantes de l'œuvre de Rocco, considérée dans son ensemble. La psychiatrie, qui est un modèle de connaissance dont le but est de formuler des diagnostics et d'établir des thérapies, doit, pour être efficace, faire abstraction, réduire la multiplicité des cas et des symptômes à des constantes, créer des définitions : hystérie, paranoïa, dépression, épisode maniaque… La littérature, au contraire, puise sa propre raison d'être dans le refus de toute généralisation : elle est toujours l'histoire d'un individu *particulier*, muré dans son unicité, auteur et prisonnier de sa singularité. Par conséquent, lorsqu'elle parle d'une maladie, la littérature se contentera de la transformer en une *maladie sans nom*, la seule qu'on puisse proportionner dignement à cet unique entrelacement de destin et de caractère, de contingence et de nécessité, qui donne vie à un personnage.

Durant cette longue conversation téléphonique sur *L'Apparizione*, il s'était produit un fait qui s'est ensuite gravé dans ma mémoire sans que je sois toutefois capable de lui attribuer une signification. Nous étions encore en hiver, et le soleil se couchait tôt. Tout en écoutant la voix de Rocco, j'avais regardé par hasard à travers la fenêtre et j'avais aperçu, à la lumière du couchant, un petit oiseau suspendu dans les airs. Au cours d'un laps de temps très bref, mais significatif, j'avais été frappé par son immobilité, semblable à celle d'un drone aujourd'hui. Il venait de battre les ailes une dernière fois et il était tombé d'un coup, comme s'il avait été victime d'un infarctus ou transpercé par une flèche invisible, décochée par un esprit chasseur du soir. Face à des phénomènes aussi étranges, toutes les explications paraissent plus ou moins vraisemblables, mais jamais totalement fiables à l'esprit qui voudrait juste les écarter, les oublier. Je m'apprêtais à interrompre Rocco et à lui rapporter cet étrange événement, un petit oiseau foudroyé en plein vol, quand mon instinct m'avait conseillé de le garder pour moi. Si c'était un présage, il n'était pas forcément funeste. Une intuition soudaine m'avait amené à voir dans ce petit oiseau une sorte de bouc émissaire, qui prenait définitivement sur lui tout le mal enduré, nous laissant libres de profiter de la vie qui nous restait. Mais, au-delà des boucs émissaires, toujours difficiles à reconnaître, j'ai une certitude : parmi les événements heureux qui ont émaillé ma vie, l'un des plus importants et des plus inestimables a consisté à renouer avec Rocco et à savourer son amitié plusieurs années durant, jusqu'au moment où le destin nous l'a arraché tout aussi rapidement qu'il l'avait fait avec ce petit oiseau : l'avoir retrouvé, être parvenu d'une façon ou d'une autre, certainement imparfaite, à lui manifester toute mon affection.

Il existe une espèce de sagesse qui consiste à attendre la vérité comme un ermite dans le désert, emmuré derrière ses habitudes, insensible à la diversité changeante du monde. C'est possible, mais Pia appartenait à une race bien différente : la cavalerie légère. Tout en léchant ses blessures, elle était déjà remontée en selle. La forme de résistance, ou de salut, qui était la sienne l'amenait à changer d'orientation en faisant s'agiter l'aiguille de sa boussole à la recherche du nord dont elle avait besoin. Libre de tout souci financier, elle pouvait clore de nombreux chapitres – conseillère littéraire aux éditions Garzanti, par exemple, ou professeur de littérature russe. À l'âge de quarante ans, elle nourrissait des inquiétudes d'adolescente et conservait, tel un capital auquel il lui était impossible de renoncer, une prédisposition innée pour l'expérimentation. Si elle possédait une image d'elle-même, celle-ci n'était pas encore assez définie pour créer une obligation quelconque. Je la sentais de plus en plus proche, dans son indétermination. Elle voyageait beaucoup sans cesser d'exercer sa curiosité pour la bizarrerie humaine et, quand l'occasion se présentait, enrichissait de nouveaux exemplaires sa collection de « vermines ». Dans une lettre de l'été 1995, peu après le mariage de Rocco, elle décrit à mon intention une soirée passée dans un étrange club de Londres en compagnie d'un ami doté d'une grande bosse, du propriétaire des lieux affligé d'un « gigantesque et monstrueux nez spongieux » et d'une drôle de dame au bégaiement spastique. Parfois, commente-t-elle, j'ai l'impression d'être l'Alice de Lewis Carroll. Dans une autre missive, pleine d'enthousiasme pour sa découverte, elle me remercie de lui avoir prêté un de mes exemplaires, en lambeaux, de *Mensonge romantique et Vérité romanesque* de René Girard[24] – ce célèbre et génial ouvrage sur le désir comme imitation du désir d'autrui. Elle l'avait emporté lors d'une promenade dans une forêt sur la Baltique aux fabuleux et émouvants reflets violacés. J'ai retrouvé aussi un mot qui accompagnait l'envoi d'une boîte de biscuits confectionnés de ses propres mains, dans lequel elle me priait de l'excuser d'une chose dont je ne me souviens pas : je n'arrive pas

24. Grasset, 1961.

à imaginer un geste impoli de sa part, ou un mouvement de dissension, au point que je me demande si ce mot n'a pas échoué par erreur parmi mes papiers et que les excuses et les biscuits n'étaient pas plutôt adressés à Rocco, lequel aurait été capable d'en vouloir à Bambi. Entre-temps, en janvier 1996, les éditions Marsilio avaient publié sa traduction d'*Onéguine* dans des vers libres d'une extraordinaire légèreté, empreints des meilleures qualités de Pia : la malice, une intelligence scintillante, un frisson métaphysique bien dosé. Qualités humaines ou littéraires ? Difficile de les distinguer : les chefs-d'œuvre sont toujours, d'une façon ou d'une autre, des *sécrétions organisées*, comme si un corps était capable de transpirer sous forme de cristaux ou de confettis, plutôt que des habituelles, banales et informes gouttes. Et la traduction de Pia, en restant le plus possible fidèle au poème de Pouchkine et réfléchie, est, je l'ai déjà dit, un chef-d'œuvre de la langue italienne. Ce n'est pas par hasard qu'Edoardo Albinati proposa, dans une critique mémorable et, aimerais-je dire, épique (trente pages dactylographiées !), publiée par la revue *Nuovi Argomenti*, une synthèse du caractère de la traductrice qui vaut aussi bien sur le plan du style que sur celui de la psychologie, en admettant qu'il soit possible de les séparer : « Pour traduire *Onéguine*, il faut au moins être léger, rebelle, vain, courageux, profond, rapide, un peu écervelé et très minutieux. » D'ailleurs, Pia, que l'*affaire Lolita**[25] avait beaucoup meurtrie, a peu savouré ces lauriers, alors qu'elle avait déployé une énergie précieuse et surabondante dans ce travail. Récemment, en reprenant mon exemplaire, usé par d'innombrable relectures totales ou partielles, je me suis aperçu que j'étais cité dans une de ces notes de remerciement qu'on place au début ou à la fin des ouvrages. Si l'on excepte les chercheurs en russe, qu'elle a sans doute convoqués pour des raisons techniques, je suis en l'excellente compagnie de ce même Albinati et du grand Ottiero Ottieri[26]. En quoi ai-je bien pu l'aider ? Je lui ai tout au plus suggéré une virgule ou un synonyme, ignorant tout du russe, probablement en fonction d'un perfectionnement du rythme et de sa rapidité endiablée. L'italien de Pia se transforma exactement en ce qu'on qualifie en physique de matériau conducteur, prêt à se laisser traverser par l'électricité de la version originale. Le problème de traduction le

25. Les mots et expressions en italique suivis d'un astérisque sont en français dans le texte.
26. Écrivain, sociologue, scénariste et traducteur (1924-2002).

plus macroscopique d'*Onéguine* a toujours été celui du narrateur, parce que toute médiation y est éliminée et que l'auteur s'adresse directement au lecteur sans se dissimuler derrière un masque : c'est justement lui, Alexandre Pouchkine, le grand poète, qui nous raconte la vie de son ami Onéguine. Le traducteur doit donc s'approprier ce fantôme invalidant, capable d'expérimenter tous les tons, du comique jusqu'au tragique en passant par le grotesque, l'onirique, le philosophique… Quoi qu'il en soit, je crois que ces remerciements se rapportaient davantage à ma complicité (que j'avais refusée à son projet de réécriture de *Lolita*) qu'à des conseils particulièrement utiles. Je me rappelle qu'elle m'envoyait les pages dactylographiées des divers chapitres, une fois ceux-ci terminés – me permettant ainsi de lire le roman exactement comme les contemporains de Pouchkine, puisque *Onéguine* fut publié en feuilleton. Elle utilisait ce papier d'imprimante d'autrefois, opaque et bordé de deux rangées de trous, et je n'arrivais pas à transformer ces plis en une petite liasse confortable parce qu'un vers des strophes de Pouchkine tombait régulièrement sur une ligne en pointillé. Un détail me semble significatif du point de vue psychologique : Pia m'a dit un jour que la véritable « scène capitale » du livre, à ses yeux, se trouvait dans un épisode du chapitre VII, quand Tatiana, encore amoureuse d'Onéguine, à qui elle attribue une grandeur luciférine, découvre en feuilletant les ouvrages de sa bibliothèque que le caractère du jeune dandy est totalement modelé sur les livres de Byron et sur quelques mauvais romans, « de ceux où l'homme de ce temps / trouve une image assez fidèle[27] ». Les signes tracés par Onéguine dans les marges des pages lui révèlent la nature artificielle et l'imitation de son caractère, impitoyablement défini comme un « reflet de fantaisies errantes / venues d'ailleurs, tourments redits » et donc une « parodie »[28]. De toutes les scènes de ce grand roman, cette déception cuisante et soudaine m'apparaît à moi aussi, en effet, comme le cœur de l'engrenage. En adoptant le lexique amoureux de Pia, on serait amené à dire que, si Onéguine s'était conduit comme une « vermine » à l'égard de Tatiana, celle-ci trouvait une consolation dans le fait qu'il s'agissait en tout cas d'une « vermine » exceptionnelle, grandiose. Le charme s'évapore au moment où elle découvre qu'Onéguine n'est en réalité qu'une pâle imitation, un résumé bâclé des vices d'autrui, d'attitudes

27. Traduction d'André Markowicz, Actes Sud, 2005.
28. *Ibid.*

qu'il a copiées dans les livres comme une jeune provinciale quelconque. Cette révélation fait de Tatiana un être libre, mais pas pour autant moins amer, car toute perte d'innocence augmente en nous le sentiment désolant de l'extranéité de ce monde que l'âme s'obstine à tort à considérer comme sa propre maison. En relisant les strophes de ce chapitre, je ne peux que penser aux nombreuses occasions où, de mille façons imprévisibles, Pia s'est sans doute heurtée à de semblables déceptions, d'autant plus douloureuses que son âme limpide et sensible abhorrait les poses artificielles, les piètres contrefaçons.

Les dernières années de sa vie, Rocco vivait à Monteverde Vecchio et enseignait dans le quartier féminin de la prison de Rebibbia. Il se lia étroitement d'amitié avec les autres locataires du petit immeuble de la via Lorenzo Valla, une de ces rues paisibles et bourgeoises de Rome situées au sommet d'une hauteur, où les pavillons Art nouveau, entourés de leurs petits jardins, se mêlent harmonieusement aux immeubles modernistes des années trente. Ironie du sort, le bâtiment appartenait, si mes souvenirs sont bons, à un ponte de la psychiatrie. Ses voisins devinrent une sorte de famille. Il habitait au premier étage, et son appartement, nullement petit pour une seule personne, avait un accès sur une belle cour intérieure, presque un jardin. En renouant avec lui, je m'étais fait rapidement une idée synthétique de la situation. Rocco avait trouvé une façon de se tenir à l'écart des gros problèmes ; l'infélicité et la joie de vivre avaient repris leur rythme acceptable de systoles et diastoles. Après le désastre de sa crise maniaque, ou de l'apparition si l'on préfère, il s'était embarqué dans d'autres histoires d'amour. Rocco était un animal érotique, il n'aimait guère la solitude, et il fut la plupart du temps, au cours de sa vie adulte, engagé dans des relations tempétueuses. Le schéma de la fille de bonne famille changea lui aussi à un moment donné, et j'ai toujours pensé que, de tous ces liens, la nouvelle personne (aux origines *obscures*, comme lui, pour employer une de ses façons de parler habituelles) était la mieux adaptée pour vivre à ses côtés. En vérité, les choses entre Rocco et moi n'étaient pas redevenues exactement comme avant. Mes distances et mon refus de lui accorder la fameuse *fidélité* qu'il m'avait réclamée avec tant d'urgence au moment où il en avait eu besoin avaient produit un effet inévitable. Nous avions de l'affection l'un pour l'autre, mais je n'en avais pas eu, ou n'en avais pas *assez* pour lui. Cela dit, une circonstance imprévue me permit de retrouver pendant quelques années – jusqu'à la fin – des relations presque quotidiennes avec lui et, en même temps, de l'observer de l'extérieur, d'une position en retrait. Je m'explique. Un soir, je lui avais présenté par hasard Chiara Gamberale, qui était aussitôt devenue sa principale confidente et conseillère. À l'époque, Chiara et moi étions mariés, et c'est ainsi que, après de nombreuses années d'éloignement, Rocco se mit à fréquenter mon domicile un jour sur deux – mais ce n'était pas pour moi qu'il venait. C'était à Chiara qu'il racontait ses histoires – cette interminable toile de problèmes, d'amertumes et de projets absurdes. Ils passaient des après-midi entiers dans la cuisine, enveloppés d'un épais nuage de fumée, s'exerçant à l'art impossible de comprendre la vie. Quand il restait dîner après ces longues séances de confessionnal, nous allions tous les deux faire les courses et promener le chien en parlant de tout et de rien, de sujets personnels aussi, parce que nous en avions l'habitude et qu'il était naturel pour nous d'être des intimes, mais avec un certain détachement, sans la complicité d'autrefois. Ainsi, si j'avais auparavant tourné le dos à Rocco en proie à la sensation qu'il n'écoutait même plus ce que j'avais à lui dire, il me parlait maintenant beaucoup moins de lui, se contentant de regarder un film ou un match avec moi après avoir déversé dans les oreilles patientes de Chiara tous les secrets qu'il avait besoin d'exposer. Je me tenais à l'écart de ces conciliabules. Le fait d'être désormais un personnage secondaire de sa vie me permettait – c'est assez naturel – d'aimer Rocco d'une manière plus gratifiante pour nous deux, et nos disputes – car il était resté l'immense artiste du ressentiment qu'il avait toujours été – ressemblaient davantage à un jeu familier qu'à autre chose. Parfois il se rendait compte qu'il avait poussé sa précision mêlée d'arrogance au-delà des limites du supportable, et il était le premier à le regretter. Nous avions inventé, sans jamais en parler ouvertement, un petit rituel de réconciliation pour aller nous coucher tranquillement. Avant de rentrer chez lui, il m'accompagnait en promenade autour du pâté de maisons avec le chien. « Tu sais, commençait-il en ébauchant des excuses, j'ai toujours eu un *caractère de merde…* »

Les choses auraient pu se poursuivre ainsi jusqu'à notre vieillesse : dans la douceur, dans la régularité des habitudes. Rocco aurait écrit systématiquement ses romans très sombres, il se serait toujours plaint de quelque chose, il aurait résisté à l'assaut depuis une position plus avantageuse : c'est toujours ce qui arrive à ceux qui vieillissent et qui finissent d'une certaine façon par l'emporter sur eux-mêmes. Mais rien de tout cela ne s'est produit, un autre dessin était brodé sur la toile du destin : un dessin tragique et absurde. Qu'est-ce qu'un *accident*? Sans aucun doute quelque chose de réfractaire à toute forme de récit. Exempt du lien de la nécessité, gratuit, imprévisible, il a lieu sans cesser toutefois de nous rappeler qu'il aurait très bien pu ne pas avoir lieu. C'est la pointe de l'aiguille qui fait éclater en un instant le ballon de baudruche de la vie, si prétentieux avec ses saisons, ses processus d'apprentissage et d'adaptation pour le moins laborieux. Un pur *nonsense.* Il y a un personnage mineur de l'*Odyssée* qui m'a toujours ému, un compagnon d'Ulysse du nom d'Elpénor. Il apparaît dans le poème le temps d'en sortir de manière catastrophique quelques syllabes plus loin. Libérés des sortilèges de Circé, les Grecs sont enfin prêts à reprendre la mer. Elpénor est rappelé alors qu'il cuve son vin sur le toit d'une maison après les festivités. Au moment où il se réveille, il a toutefois oublié où il s'était allongé et, au lieu d'utiliser l'escalier, il tombe du toit et meurt sur le coup. Pam – comme dans une bande dessinée. Quelle triste mort pour cet homme qui a participé à la guerre de Troie et qui a suivi Ulysse dans toutes ses mésaventures en naviguant sur des flots secoués par la colère du dieu de la mer, rien de moins ! Personne n'a le temps de le pleurer, pauvre Elpénor. Il faut repartir avant que cette vieille folle de Circé ne se ravise. Elpédor est un formidable coup de maître d'Homère. Il incarne l'*humain* mieux que quiconque. Il arrive aux hommes de se soustraire brusquement à leurs histoires en raison d'une distraction momentanée et dérisoire, d'une infime poisse. D'un élément qui n'a rien à voir avec le reste et qui finit par l'emporter. Dès lors, l'onde de choc de l'absurde se déploie en sens inverse, remontant tout le passé jusqu'au premier jour.

Je le voyais si fréquemment que j'ai oublié notre dernière rencontre. Il est peut-être venu assister à un match, à moins qu'il ne m'ait accompagné en promenade avec le chien. En revanche, je me rappelle très bien la dernière fois que je lui ai parlé au téléphone, l'après-midi du 17 juillet 2008, quelques heures avant qu'il meure en s'écrasant à mobylette sur une voiture garée en double file, à quelques mètres de l'impassible statue équestre de Georges Castriote Scanderbeg, piazza Albania, au pied de l'Aventin. Il était de retour à Rome après avoir séjourné deux semaines aux États-Unis, chez des amis de Providence – des vacances réussies, apparemment. Il avait commencé par prononcer une phrase typique de son caractère et de sa façon de s'exprimer : « Tu as bien fait de m'appeler. » Cela m'avait fait sourire. Il voulait dire par là que j'avais respecté pour une fois, moi qui étais toujours coupable, son infaillible code de l'amitié, lequel vous imposait, à un certain paragraphe, de téléphoner à ceux qui rentraient d'un long voyage pour leur demander comment celui-ci s'était passé. Nous avions même décidé de nous voir, d'aller dîner en tête à tête au Biondo Tevere, un restaurant très populaire de la via Ostiense, doté d'une belle terrasse sur le Tibre, qui tirait également sa célébrité du fait que Pier Paolo Pasolini y avait été vu pour la dernière fois en vie, la nuit de son assassinat à l'Idroscalo[29]. Quelques mois plus tôt, j'avais justement conseillé à Rocco d'écrire une espèce de reportage sur ces lieux, situés plus ou moins à mi-chemin entre la pyramide de Caius Cestius et la basilique Saint-Paul, pour les pages romaines du quotidien *La Repubblica*. Il avait rédigé un très bel article, qui se trouve aujourd'hui accroché dans un cadre – comme une relique ou presque – à un mur du restaurant. Mais, peu avant l'heure du dîner, Rocco redonna de ses nouvelles par le biais d'un SMS : il s'était souvenu d'un autre engagement, nous devions repousser notre dîner au lendemain, il irait chez Carola Susani[30], l'une de ses amies les plus chères, pour un anniversaire, je crois, ou quelque chose de ce genre. Si toutes ces inepties n'avaient pas été imprégnées de fatalité d'une manière aussi monstrueuse, je les aurais oubliées

29. Pasolini a été assassiné à l'Idroscalo d'Ostie (une ancienne base d'hydravions) dans la nuit du 1er au 2 novembre 1975.
30. Auteure de romans et de nouvelles pour adultes et pour la jeunesse.

en l'espace de quelques heures, tout comme cette phrase – « Tu as bien fait de m'appeler » – qui acquiert, à la lumière des événements, un autre poids et un autre sens. Et puis, même si rien ne peut les expliquer, les pressentiments existent, et comment… Je le disais, Rocco avait repoussé notre dîner. Tant pis. Souhaitant profiter du couchant de cette soirée de juillet, je suis descendu avec le chien dans le parc, en bas de chez moi, et me suis installé sur un banc pour fumer une cigarette, après avoir commandé dans un restaurant chinois un plat à emporter. Pourquoi continuais-je de songer autant à Rocco, ce soir-là, tandis que s'écoulaient ses dernières heures dans ce monde ? Quand j'y repense aujourd'hui encore en lui consacrant ces pages de nombreuses années plus tard, j'en ai le frisson. En cette semaine de juillet, on vendait en kiosque un petit livre, une nouvelle de Hemingway en édition bilingue, *The Short Happy Life of Francis Macomber*[31], littéralement « La brève et heureuse vie de Francis Macomber ». J'observais fixement l'affiche publicitaire de cet ouvrage, accrochée au rideau de fer

31. En français : « L'heure triomphale de Francis Macomber », in *Les Neiges du Kilimandjaro*, traduction de Marcel Duhamel, Gallimard, 1957.

du kiosque à cette heure-là fermé. À force de le répéter sans raison, j'avais transformé le titre de Hemingway en une de ces comptines obsédantes qui s'installent dans votre esprit sans raison apparente, pour disparaître ainsi qu'elles sont arrivées au bout d'un certain temps. « La brève et heureuse vie de Rocco Carbone, répétais-je. La brève et heureuse vie de Rocco Carbone. » Il y avait là exactement le même nombre de syllabes que dans le titre de Hemingway. Puis, comme malgré moi, j'ai modifié l'un des adjectifs, transformant le titre ainsi : « La brève et malheureuse vie de Rocco Carbone ». Heureuse, malheureuse. Brève. « La brève et (mal)heureuse vie de Rocco Carbone ». Plus on répète un mot, plus il se mue en l'équivalent de son contraire. Comme si la répétition dévoilait l'astuce, nous rappelant qu'il n'existe pas de mot approprié à la pagaille indéchiffrable que constitue la vie humaine, à son éternel échec. La nouvelle de Hemingway, dont l'action se déroule en Afrique, est une sorte de parabole morale, l'histoire d'un homme qui, comme Rocco, ne pourrait être associé à l'idée de « bonheur ». Et pourtant, Francis Macomber s'épanouit et acquiert une pleine dignité juste avant de mourir dans un accident de chasse. Comme si le voile du malheur tombait au sol juste avant la fin, dénudant la divinité la plus énigmatique, la plus impalpable et la plus fuyante qui soit : la vie heureuse.

Décrire un être réel et décrire un personnage imaginaire est en fin de compte la même chose : il faut obtenir le maximum d'effet dans l'imagination du lecteur en utilisant le peu de moyens que le langage nous offre. Produire un feu psychologique à partir de quelques branchettes humides, glanées çà et là. Le dictionnaire du visage, par exemple, est d'une pauvreté si désolante (« yeux », « nez », « bouche », etc.) qu'on capitule parfois avant même de commencer. Quelle différence y a-t-il entre la Pia Pera enregistrée à l'état civil de Lucques le 12 mars 1956 et la Tatiana de Pouchkine ? Du point de vue du langage, ce ne sont que deux marionnettes composées de chutes d'étoffe usée et de fil de fer, d'une touffe de crin pour les cheveux, de deux boutons dépareillés pour les yeux. Quand elles parviennent à adopter dans quelque recoin du cerveau fraternel et inconnu du lecteur une éphémère apparence de vie, à sourire ou à frissonner de froid en relevant le col de leur petit manteau de chiffon, c'est exactement en vertu de ce que nous qualifions d'esprit, soit l'hypothèse selon laquelle notre existence, qui se déroule entièrement dans la chair et dans ses besoins, possède aussi une ombre, une quintessence qui la conduit hors d'elle-même. Parce que nous vivons deux vies, toutes deux destinées à s'achever : la première, la vie physique, est faite de sang et de souffle ; la seconde se déroule dans la tête de ceux qui nous ont aimés. Et quand la dernière personne qui nous a connus meurt à son tour, eh bien, nous nous dissolvons vraiment, nous nous évaporons, et la grande et interminable fête du Néant où les aiguillons de l'absence ne sont plus en mesure de piquer qui que ce soit peut commencer. J'ai une certitude : pendant que j'écris et tant que je continuerai à écrire ces lignes, Pia est ici, sa présence est aussi encombrante que la table à laquelle je suis assis, ou que la lampe. Mais quand je pense à Pia, il n'y a que moi qui pense à elle, elle est entièrement dans ma tête, et seule l'absence répond à l'autre bout du fil. Lorsque je rêve d'elle, c'est la même chose, c'est une autre partie de mon moi qui crée sa propre Pia. J'en déduis que l'écriture est un moyen singulièrement approprié pour évoquer les morts et je conseille à tous ceux qui ont la nostalgie d'un être cher de s'y exercer : ne pas penser à lui, mais composer un écrit à son sujet ; on le constate vite, le défunt est attiré par l'écriture, il trouve toujours un moyen inattendu de surgir dans les mots que nous lui consacrons, il se manifeste de sa propre initiative ; ce n'est pas nous qui pensons à lui, c'est vraiment lui, une fois pour toutes. Certes, la teneur de ces manifestations dépend des cas particuliers. La présence de Rocco a rapidement adopté la forme d'une vieille habitude, d'une camaraderie ironique et compétitive. Celle de Pia est d'une nature différente : plus timide et plus embarrassée, elle semble se réjouir de mes intentions tout en me priant de ne pas tirer de conclusions trop hâtives, comme Pia le faisait souvent de son vivant, de regarder plus attentivement une chose que, de toute évidence, je n'ai pas envie de regarder et qui est liée non à tel ou tel épisode, ou à telle ou telle période, mais à son engrenage secret, en d'autres termes à la façon dont son destin s'est formé, effaçant progressivement toute autre éventualité jusqu'à sa configuration définitive. Toi et moi, ne cesse jamais de me répéter Pia, nous avons été intimes, notre relation s'est déroulée sous le signe d'une longue et réciproque intimité. Nul doute, c'était un bien, une consolation dans ce monde si difficile à déchiffrer, aux innombrables forces hostiles et destructrices. Mais l'intimité entre hommes et femmes est aveugle, elle ne sait que ce qu'elle a envie de savoir. Au-delà d'une certaine limite, Pia continue de m'échapper, comme si je n'étais plus capable de distinguer la partie du tout qui réside dans le moindre détail. Je peux uniquement dire qu'elle a été, à mes yeux, une créature enchanteresse, tel est le mot qui lui ressemble le plus, « Pia » et « enchanteresse » sont pour moi presque synonymes. Tout ce qui est enchanteur produit une sorte d'étincelle permanente, et, souvent, les créatures enchanteresses se consument et finissent par se dissoudre dans leur sillage tourbillonnant de minuscules lumières.

Plus je connaissais Pia, ou croyais la connaître, plus elle me paraissait détachée d'une conception ordinaire du temps. Je veux dire par là qu'il existe pour nous tous une temporalité évidente, celle dans laquelle nous prenons forme, et nous nous épuisons en suivant une direction irréversible, telle une boule sur un plan incliné. Mais il existe aussi une temporalité moins perceptible et non mesurable en jours ou en années, dans laquelle nous ne faisons que dépenser des énergies purement négatives, qui nous sont nécessaires pour repousser d'obscures menaces, pour chercher un équilibre instable entre des forces contraires, pour fuir le destin que nos parents ont souhaité pour nous. Nous ne nous en rendons même pas compte, pourtant, lorsque nous nous sentons fatigués, nous ne devrions pas songer uniquement à ce que nous avons fait, mais au travail obscur de soustraction et de renoncement que nous coûte notre propre consistance en état de veille ou dans le sommeil. Les philosophes anciens avaient raison, je crois, d'imaginer une couche de notre âme commune aux autres espèces d'existence, une dimension « végétative » de notre être qui tend à échapper à la conscience, telle l'activité involontaire d'un organe. L'individu qui prend conscience de cette force négatrice, de ce pouvoir aveugle de pure persistance, de ce rythme saisonnier d'expansion et de contraction, se reconnaissant par cette voie intuitive en chaque phénomène de la vie cosmique, sans s'estimer très différent d'un chien errant, d'une veine dans le marbre, d'un buisson de romarin, a obtenu quelque chose de très semblable au salut. Au lieu de renoncer à l'égoïsme (comme si c'était possible!), il l'a traversé jusqu'au bout et il a débouché dans la liberté sans avoir besoin de renier les masques endossés précédemment. Telle a été la route de Pia, et cette route mène à une chose à la fois métaphysique et physique au degré suprême: un jardin. C'est une idée qu'on peut piétiner, qui laisse des traces sur les chaussures. Dans un jardin, ce qui palpitait dans le noir, la force obscure et opiniâtre qui se consume en résistant à la mort affleure à la lumière. La flèche et le cercle trouvent leur point d'identité. Quand j'imagine Pia dans son jardin, une corbeille en osier dans une main et une serfouette dans l'autre, je ne songe pas seulement à un être humain qui fait surgir à la vue, voire embellit un espace étranger. L'image qui vient vers moi est celle de la totalité de la vie, une image qui renferme en soi ce qu'il est possible de savoir et ce qui ne l'est pas, le jour et cette partie de la nuit qui, comme dans les sonates de Chopin, ne devient jamais la lumière de l'aube, ne passe pas, perdure.

J'ai dit au début de ces pages que l'aspect extérieur de Rocco avait très peu changé au long des vingt-cinq années de notre amitié. Et à l'intérieur, s'était-il passé quelque chose ? Tyrannisée par la répétition, notre vie possède bien peu de possibilités réelles d'évolution, encore moins de guérison. Sans doute est-il souhaitable d'acquérir, plus que tout, la faculté de capituler devant nous-même, parce que nos souffrances dépendent en bonne partie de notre volonté de remédier à l'irrémédiable et donc d'empoisonner ce qui est avec ce qui pourrait être. Pour cette raison même, les dernières années de Rocco ont été à mon avis les meilleures de son existence – celles où son effort d'adaptation, en général très infructueux, a été couronné de quelque succès. Son regard s'était *adouci*. Il s'était entouré de personnes qui le comprenaient, ou il se sentait compris, ce qui est la même chose. Chiara a saisi tout cela à la perfection dans un article qu'elle a publié peu après sa mort et dont je désire citer ici quelques lignes qui possèdent la précision d'un cliché photographique :

« Dans l'univers littéraire italien, clos et étouffant, Rocco, du fait de sa nature, s'était uniquement entouré de gens qui lui ressemblaient. Et qui étaient en réalité très nombreux. Différents de tout, dans le bonheur comme dans le malheur. Structurellement incapables de trouver une place dans le monde et conscients de cette incapacité au point d'en rire. Fatigués par les autres et plutôt fatigants pour les autres. Des gens qui avaient le sentiment que quelque chose clochait en eux. Et à qui Rocco, plus ou moins implicitement et par l'exemple flagrant de sa propre existence, semblait dire : c'est justement ce que vous croyez inapproprié en vous qui fonctionne le mieux. »

Quelque temps après sa mort, Roberto Varese, un vieil ami de Rocco qui lui était resté attaché tout au long des vicissitudes de la vie, parvint à s'introduire dans le labyrinthe de la bureaucratie romaine et à en ressortir indemne avec une autorisation particulière : celle de planter un arbre, un olivier, tout près du lieu de l'accident, à la limite d'un espace vert que domine un tronçon majestueux du cercle le plus ancien de remparts romains qui ceint les pentes de l'Aventin. Surpris par la petite foule en attente, un jardinier de la mairie nous aida à creuser le trou, puis nous invita à achever nous-mêmes ce travail. « Je comprends que c'était quelqu'un d'important pour vous, nous dit cet homme aimable, terminons donc ensemble. » Aujourd'hui le petit arbre, qui avait l'air un peu chétif au début, est touffu et en bonne santé, il produit même des olives quand il le doit. En revanche, la plaque métallique portant le nom de Rocco et ses dates a été volée si souvent (comme tout ce qui est susceptible d'être volé à Rome) que nous avons renoncé à la remplacer. Parfois nous nous retrouvons tous là-bas pour l'anniversaire de la mort de Rocco, ou à d'autres occasions, mais je pense ne pas être le seul à fréquenter cet arbre en privé ou au sein de petits groupes occasionnels. Naturellement, il est inutile d'ajouter que s'il existe un arbre qui ressemble à Rocco, c'est bien l'olivier, avec la ténacité, la difficulté et la lenteur que suggère sa beauté. En s'arrêtant à cet endroit la nuit, quand la circulation s'éclaircit un peu sur la longue avenue qui relie le Cirque Maxime à la Pyramide, on peut donc éprouver la sensation effective de rendre visite à Rocco dans sa nouvelle manifestation arborée. Un jour où des policiers m'ont réprimandé parce que j'avais fait pipi au pied de l'olivier, je n'ai pas réussi à leur expliquer que c'était une espèce de salut, une petite plaisanterie entre vieux amis. Dans mon esprit, cet arbuste fier et luxuriant, qui pousse en solitaire à l'image d'une sentinelle surveillant un avant-poste, a fini par s'associer au jardin de Pia, comme une de ses lointaines ramifications, une sorte de succursale métropolitaine.

Il est facile d'étendre *a posteriori* une ombre de fatalité sur ce qui – un accident, par exemple – devrait être son exact contraire et sa négation. Gianluca Greco, un des amis de notre noyau le plus intime, m'a raconté que Rocco avait eu un premier accident à mobylette quelques mois avant sa mort, alors qu'il allait travailler. Une voiture l'avait sérieusement heurté à un feu rouge. « Plus rien ne peut m'arriver maintenant, avait-il dit à Gianluca, je suis immortel. » Plus inquiétant encore, quelques jours avant cette nuit fatale, on lui avait volé sa voiture : il serait probablement allé en voiture chez Carola, etc. Dans nos vies, le hasard et l'enchaînement le plus inflexible des événements se ressemblent tellement qu'ils finissent par devenir indistincts – et c'est peut-être, justement, cette opacité qui nous permet de supporter le choc des choses sans jamais nous en faire une raison, mais en finissant par les accepter. Au cours des mois qui ont suivi la mort de Rocco, j'ai souffert d'un étrange mal-être de nature indubitablement psychosomatique, mais pas pour autant moins dérangeant. Chaque fois que je m'endormais, aussi bien la nuit que le jour pour un bref repos, je me réveillais au bout de quelques secondes le cœur battant la chamade, en nage, envahi par la sensation d'avoir entrevu quelque chose de si intolérable que j'avais fui le sommeil ainsi qu'on retire la main qui a involontairement touché le feu. Cette sensation était si désagréable que, pendant tout l'été, je me suis efforcé d'atteindre le moment de m'endormir dans un état d'épuisement, en patientant jusqu'aux premières lueurs de l'aube : l'épuisement me protégeait parfois de ces attaques. Je restais assis sur mon lit en attendant que les battements de mon cœur retrouvent un rythme normal. Je pensais à Rocco. Un soupçon me tourmentait : une de ces rengaines qui grandissent démesurément dans l'obscurité de la nuit et qui reprennent leurs véritables dimensions à la lumière du jour – à l'exception de ces occasions où la paranoïa intercepte une vérité fondée. Très souvent, les derniers temps, Rocco m'avait parlé d'une sorte d'enquête qu'il comptait mener pour écrire une nouvelle, ou un reportage, sur Cosoleto. Dans ce village de l'Aspromonte, en effet, d'après ce qu'il me racontait, on avait enregistré un pic inédit de cancers mortels. « Autrefois, disait-il, les vieillards vivaient jusqu'à quatre-vingt-dix ans en mangeant du pain et des oignons et en travaillant jusqu'au dernier rayon du soleil. Maintenant ils meurent tous, ils tombent malades très vite. » Avait-il vérifié cette sensation ? Je l'ignore, mais l'explication de Rocco était terrible : l'Aspromonte était renommé pour l'enfouissement clandestin des déchets toxiques, une des spécialités de la criminalité locale. Un de ces criminels avait très bien pu se débarrasser de je ne sais quelle saleté en la jetant dans un ravin inaccessible ou dans un autre lieu, et celle-ci s'était infiltrée dans une source qu'on utilisait pour boire ou pour arroser les potagers. Et comme la vie de ces délinquants est sujette – il est facile de l'imaginer – à toutes sortes d'imprévus, l'individu qui avait enfoui ce poison avait peut-être péri le lendemain au cours d'une fusillade, ou était mort d'une overdose, ce qui rendait désormais impossible – en admettant qu'il regrettât son geste (chose plus qu'improbable) – d'éliminer la cause de ce terrible et durable massacre. Peut-être. Ce sont des allégations qu'il convient de prouver avant de les prononcer. Une chose est certaine : pendant ces nuits interminables où j'étais véritablement terrifié à l'idée de m'endormir, j'avais fini par croire que Rocco avait commencé à poser des questions inopportunes ou dangereuses. De plus, les étranges circonstances de ce choc mortel avec une voiture garée en double file suggéraient à la fois la présence d'un mystère et l'impossibilité absolue de le résoudre. Durant les heures obscures de ces étranges insomnies provoquées par la peur du sommeil, l'idée que Rocco avait été tué m'apparaissait comme une certitude. J'associe ce mal-être – cela arrive parfois – au souvenir d'un lieu précis. Au cours de cette période, Chiara et moi avions loué une maison en Grèce, sur la côte méridionale de Samos. Il s'agissait d'un petit édifice isolé sur une interminable plage de galets, ruban de pierres que bordaient l'écume du ressac, d'un côté, et une épaisse cannaie, de l'autre. Personne ne venait jamais là, on n'y voyait ni bars ni parasols, rien, uniquement des troupeaux de chèvres, de passage à l'aube et au couchant, et de rares oiseaux marins qui survolaient l'étendue scintillante du golfe. Une nuit, après m'être réveillé en sursaut au moins cinq fois, j'avais décidé, bouleversé et en nage, de m'installer sur la plage, en contrebas de la maison, pour profiter de la fraîcheur en attendant l'aube. Je m'étais allongé sur les restes d'un transat, abandonné là depuis je ne sais combien de temps. Le paysage était magnifique. La lumière de la lune faisait littéralement étinceler les milliers de galets blancs de la plage et traçait une piste argentée sur la surface de la mer jusqu'à l'horizon. Étendu sur le transat, je savourais une torpeur partielle en essayant de garder les yeux ouverts pour éviter de tomber dans le piège habituel. C'est ainsi que s'est formée dans mon esprit une pensée dont j'ai reconnu la vérité avant même d'en comprendre le sens. Ce mal-être, cet affreux symptôme lié à l'arrivée du sommeil n'était pas *une conséquence* du choc que m'avait causée la mort subite de Rocco, comme je le croyais depuis le début. Non, il ne s'agissait pas d'un simple réflexe psychologique : *c'était Rocco lui-même.* Hésitant encore sur la direction à prendre, peut-être incapable de concevoir ce qui lui était arrivé, égaré et effrayé devant la Grande Obscurité, son esprit s'était établi dans mon sommeil. En le sabotant, il demandait de l'aide, de l'attention, de la mémoire. Comme il l'avait toujours fait dans la vie, il voulait s'assurer que quelqu'un l'aimait. C'est ainsi que je me suis adapté pendant des mois à ces longs adieux. J'avais beau résister, je finissais toujours par fermer les paupières et je glissais dans le sommeil ; alors une force puissante me ramenait en arrière. J'avais le sentiment d'être une route parcourue par d'innombrables sabots de chevaux au galop.

Le fil de mon récit sur Pia s'était interrompu en 1996. Cette année-là furent publiés non seulement l'*Onéguine*, mais aussi, pour compléter une espèce de diptyque des grands héros romantiques, sa traduction d'*Un héros de notre temps* de Lermontov. Tous ces travaux, qui requièrent de grandes doses d'énergie et de ténacité, et que Pia effectuait de manière excellente, n'épuisaient nullement ses forces. C'est dans ce déséquilibre, dans cette réserve d'énergie que se niche l'insatisfaction. Je me rappelle très bien la période qui précéda son nouveau pacte avec la vie, l'aventure du jardin. Encore novice, Pia épiait le ciel en cherchant les bonnes étoiles, l'orientation décisive. De temps en temps, je la perdais de vue, et un beau jour je recevais une longue lettre de Londres, ou des États-Unis. Mais quand elle était de passage à Rome, ou quand j'allais à Milan, le mécanisme de notre intimité s'actionnait de nouveau comme si nous nous étions vus la veille au soir. À ma grande surprise, elle manifestait une intolérance croissante pour Milan et pour la vie citadine. Je sais qu'il s'agit là d'un jugement totalement irrationnel, mais la volonté de s'installer à la campagne, lorsqu'elle n'est pas dictée par une nécessité pratique incontournable, m'est toujours apparue comme une automutilation délétère. J'ai beau passer la plupart de mon temps enfermé chez moi, j'ai besoin de savoir que la ville est là, dehors, avec son enchevêtrement infini de possibilités et de désirs, de mauvaises odeurs et de beautés involontaires, et j'ai tendance à attribuer aux autres mes propres besoins. Évidemment, je ne parle pas des gens qui sont nés à la campagne ou qui y travaillent, mais des rats des villes, ce que Pia était aussi, à mon avis, au moment où elle commença à mentionner une propriété familiale, un domaine (ce mot même m'irritait) voisin de Lucques dont elle avait envie de s'occuper. Voulait-elle vraiment quitter son bel appartement de la via Archimede ? Non loin de la porta Vittoria, la rue qu'habitait Pia et deux ou trois voies parallèles exhibent une bizarrerie visible sur les plans ou depuis le satellite, car elles sont orientées de façon oblique par rapport aux autres – un peu comme Broadway par rapport à la grille perpendiculaire des rues de Manhattan. Cette incongruité urbanistique s'explique par le fait que ce quartier abritait au milieu du XIXe siècle la gare Ferdinandea de la porta Tosa, qui rattachait Milan à Venise et à l'Autriche. Un lieu qui compta parmi les épicentres de la révolte des Cinq Journées[32]. C'est de là que la dépouille du maréchal Radetzky fut renvoyée à l'expéditeur sans grands regrets. Quand la gare fut abattue, les rues conservèrent la direction tracée par les rails et les terre-pleins, et vers la fin du siècle naquit un quartier ouvrier de pavillons individuels, chacun doté de quelques mètres carrés de terrain destinés à des potagers et des jardins. Des fenêtres de chez Pia, on voyait encore, un siècle plus tard, ce paysage urbain inhabituellement riche en espaces verts ingénieusement cultivés. Je dis cela parce qu'il arrive aux êtres humains, dans les décisions qu'ils prennent concernant leur destin, d'être inspirés par des choses qu'ils ont tous les jours sous les yeux et qui ne tiendraient, pour les autres, qu'un simple rôle décoratif. Bref, il se peut que les marques encore évidentes de l'utopie socialisante de la « cité-jardin » aient exercé sur Pia une certaine influence, contribuant à sa résolution de se consacrer à un potager et à un jardin, mais loin de la ville, avec toute la terre et toute la liberté qu'elle voulait. Comme je le disais, je n'avais été en aucune façon un bon

32. Cette expression désigne l'insurrection qui, du 18 au 22 mars 1848, libéra Milan de l'occupation autrichienne.

prophète ni un bon conseiller en voyant un danger dans ce détachement progressif de Milan et dans l'isolement qui s'ensuivrait. Ce fut le point de départ d'innombrables et hilarantes discussions, car Pia me reprochait de projeter sur ses désirs des inquiétudes qui m'étaient propres. Elle se moquait de mes perspectives limitées de « garçon des villes », ce qui était une allusion à la chute du *Don de Humboldt* de Saul Bellow, quand Charlie Citrine, le héros, avoue rencontrer des difficultés avec le nom d'une petite fleur printanière qu'on lui montre. « Ce sont sans doute des crocus[33] », finit-il par hasarder avec indifférence, parce que le royaume de l'« enfant des villes », son niveau de réalité, n'est pas la nature, qui n'a rien à lui apprendre, mais l'illusion infinie, artificielle, des relations humaines. Nous autres « enfants des villes » avons tendance à considérer comme une caractéristique de déséquilibrés, ou une inquiétante sonnette d'alarme, un intérêt pour la nature qui dépasse les limites d'une promenade dans un parc avec son chien. Or, malgré toutes les apparences, Pia n'était pas une « fille des villes ». Elle était née pour semer, bêcher, fertiliser. Et elle

33. Traduction de Michel Lederer, Gallimard, 2014.

s'en était rendu compte à temps. Ce qui m'apparaissait comme un risque existentiel pour elle, dans la conviction erronée que s'arracher de Milan était une chimère frustrante et dérangeante, se révéla bientôt, après un nécessaire apprentissage ponctué d'efforts et d'erreurs, un coup gagnant.

Une authentique vocation, je le crois, valorise au maximum des faits ou des prédispositions déjà présents dans la vie de façon embryonnaire ou marginale. Autrement, il s'agit de coups de vent, de rêveries de rédemption sans rapport réel avec l'histoire de l'individu : comme quand on se met à marmonner des mantras salvateurs, qu'on s'impose des régimes alimentaires absurdes, ou qu'on épouse des causes dont, la veille encore, on n'avait jamais entendu parler. Il n'y a rien de mal à ça, mais je veux dire par là que les vraies révolutions sont des transformations : de ce que nous savons déjà, de ce que nous avons toujours eu sous les yeux. Car seul ce qui nous appartient, ce dont nous sommes issus, est vrai. Le jardinage et la culture des sols ont toujours été des caractéristiques quasi héréditaires dans le milieu de Pia, celui des propriétaires terriens éclairés qui depuis toujours plantent, mettent en pot, palissent, construisent des serres, s'échangent des informations sur les graines et les terreaux. Ni le père de Pia (un ponte du droit) ni sa mère (un professeur de philosophie qui avait été l'élève de Giorgio Colli[34]) ne dérogeaient à la règle. Le simple fait d'hériter d'un domaine à transformer à sa guise regorge de significations familiales et ancestrales qui renvoient à un lien atavique avec la terre et tous ses archétypes : germination, croissance, mort, cycle saisonnier. Certes, il est rare de trouver une héritière telle que Pia, même si ce n'est pas un cas unique, mais c'est justement là que le destin révèle ses qualités de grand et génial sculpteur, préférant, pour façonner ses créations, plonger les mains dans ce qui est bien connu et dans ce qui est prévisible. Les rebords de ses fenêtres, via Archimede, regorgeaient déjà de pots de fleurs et d'épices cultivées amoureusement. Ces microcosmes végétaux pouvaient évoquer des fragments, des miettes d'un paradis perdu ; en réalité, ils étaient autant de promesses, des signaux tenaces de l'avenir. Un livre tint également un rôle dans cette histoire, un ouvrage peut-être tout aussi décisif que l'*Onéguine*, et que Pia avait lu de surcroît dans son

34. Professeur de philosophie ancienne, helléniste, traducteur, il a enseigné pendant trente ans à l'université de Pise (1917-1979).

enfance, période où l'empreinte de certaines lectures reste parfois indélébile : *Le Jardin secret* de Frances Hodgson Burnett. De même qu'elle avait traduit le chef-d'œuvre de Pouchkine, de même elle traduisit de l'anglais, dix ans plus tard, ce pilier de son existence. L'histoire est magnifique. Mary, une petite Anglaise apparemment laide et antipathique, qui a grandi en Inde, se retrouve un jour la seule rescapée d'une épidémie de choléra. Orpheline comme Harry Potter, elle est expédiée dans le Yorkshire, chez un oncle veuf, misanthrope et lunatique, propriétaire d'un manoir où personne ne s'occupe d'elle et où tout se conjugue pour la rendre encore plus malheureuse et plus intraitable. Tout change au moment où, dans des circonstances veinées de mystère et de magie naturelle, Mary pénètre dans un jardin enclos d'immenses murs où personne n'est entré depuis longtemps, au point que sa porte même a été cachée à la vue par des rejets de lierre. Le conte se remplit de façon enchanteresse de sachets de graines, de petits râteaux, bêches et cisailles. Le soin de ce jardin secret offrira à Mary une métamorphose du corps et de l'esprit grâce à laquelle elle connaîtra le bonheur que ses « idées noires » lui interdisaient. Il y a, dans cet ouvrage, un thème encore plus récurrent que le jardinage : celui de la vie en plein air et de ses effets bénéfiques en matière de régénération. L'idée selon laquelle la journée idéale est celle qu'on a passée sans un toit sur sa tête est également récurrente dans les livres que Pia a consacrés au potager et au jardin. Jusqu'au dernier moment, quand il lui fallait jongler avec un fauteuil roulant électrique et se limiter à des parcours obligés, elle a voulu être dehors – et c'est ainsi qu'elle est morte –, comme si le dernier noyau, la quintessence de tout ce qu'elle avait appris ne concernait même plus les potagers et les jardins, mais l'art suprême du *plein air** quotidien, du refus des abris, hiver comme été, par n'importe quel temps.

En 2003, Pia publia son premier « livre naturel » (je n'ai pas réussi à trouver de meilleure définition) : *L'Orto di un perdigiorno*[35]. C'est un journal de bord tenu pendant un an, mois après mois, saison après saison. Au-dessus de son petit coin de monde, le ciel est tendu et uniforme, telle une toile grise qui laisse filtrer la canicule estivale ; ou traversé par des nuages rapides et porteurs des premiers orages ; limpide et bourré d'étoiles dans le froid de l'hiver ; ou encore ponctué de petits cumulus,

35. « Le potager d'un fainéant ».

comme en ces soirées de mars où l'on se rend compte que, oui, les jours se sont enfin allongés. On le comprend à sa lecture, Pia a déjà beaucoup appris et elle a encore beaucoup à apprendre. Elle cultive betteraves, tomates, laitues, oignons, roquette, trévise et une infinité d'excellents produits qui la rapprochent au fil des jours d'une espèce d'autarcie alimentaire. Elle s'en réjouit comme ces enfants qui, cachés sous une table ou derrière un rideau, savourent l'idée de s'être créé un monde dans le monde. Qu'il soit immense ou réduit à quelques mètres, un royaume reste un royaume. À combien d'êtres humains est-il donné de transformer leur conte préféré en réalité ? Pia avait réussi à vivre comme dans *Le Jardin secret*. Et si sa traduction du livre, effectuée au cours de cette période, est aussi belle et aussi contagieuse, c'est parce que la victoire de l'âme sur le mal que relate le conte de Mary (comme tous les contes) est identique à celle que Pia a commencé à remporter. Si bien que certaines pages de ce vieux livre pour fillettes pourraient figurer telles quelles dans un de ceux qu'elle a composés les dernières années. Ce sont des ouvrages fascinants et surprenants, y compris pour des « enfants de la ville » incapables de maintenir en vie un pied de basilic acheté au supermarché. Et s'ils sont tellement convaincants, c'est aussi grâce au fait que tout y est difficile, incertain, soumis à de multiples échecs et mésaventures en tout genre. Éboulements, parasites, sécheresse. Mauvaises graines, imitations hasardeuses de potagers et de jardins d'autrui. Rien n'est plus éloigné de Pia que l'image stupide d'un gourou écologiste s'exprimant comme ces individus qui ont appris le jeu et qui l'expliquent aux autres. Ses livres vibrent de l'énergie salutaire et révélatrice de l'erreur. Au lieu de la décourager, les défaites exaltent son noble mépris pour tout ce qui est facile. D'un point de vue métaphysique et théologique, l'expérience racontée évoquait des dilemmes qui sont au cœur même de la civilisation catholique et qui tournent autour de la nature et de la grâce, de leurs ressemblances et de leurs différences imprévisibles. Eh bien, la nature a de nombreux points communs avec la grâce, mais aussi des points irréconciliables, à commencer par la nécessité de *la travailler*, et donc de l'assujettir à la temporalité terrestre, aux liens de l'humain. Pia décrit ce qu'elle vit avec une merveilleuse cohérence de mots et de choses, le terrain étant considéré comme une page, et la culture comme l'écriture – et vice versa. Feuille après feuille, oignon après oignon, le royaume de Pia prospérait. Son mystère à lui résidait dans le fait qu'il était invisible depuis la route, où un porche en pierre conduisait à une allée de sempervirens. Après avoir parcouru entièrement cette dernière, on apercevait le jardin et, sur la droite, le patio de la maison. Tout en avançant, on se laissait surprendre par une vastitude qu'on n'aurait jamais attendue en arrivant par la route assez étroite de l'entrée. Au-delà de la frontière du jardin – une épaisse haie – et des champs cultivés qui jouxtaient la propriété de Pia, se dessinaient les contours des monts pisans, lesquels paraissent plus grands qu'ils ne le sont du fait de l'imperturbable monotonie des plaines où coulent le Serchio et l'Arno. Tant qu'elle l'a pu, Pia a arpenté tous les sentiers de ces montagnes en compagnie de ses chiens. Elle avait pour ami un professeur qui l'emmenait observer de rares espèces d'oiseaux des marais ou de très anciens lichens.

Avec l'automne, mon sommeil retrouva peu à peu sa régularité. J'ai une explication assez plausible : le jour, j'avais commencé à m'occuper de Rocco avec une attention et une constance qui l'auraient enfin satisfait – lui qui m'avait toujours reproché d'interpréter un peu trop à ma façon les devoirs sacrés de l'amitié. Antonio Franchini et Giulia Ichino, ses derniers éditeurs, comptaient publier chez Mondadori le roman qu'il s'apprêtait à leur livrer au moment de sa mort. Je m'étais chargé de m'occuper de cet ouvrage posthume, mais ce travail se révéla beaucoup plus difficile et plus complexe que prévu. Il fallut un peu de temps pour accéder au fichier qui, bizarrement, était protégé par un mot de passe, étrangeté que j'avais vue uniquement au cinéma. Enfin, je découvris un texte entièrement rédigé, dans des conditions toutefois trop inachevées pour être publié. De toute évidence, Rocco y aurait travaillé à sa manière au point de le perfectionner, comme tout le monde. La dernière nuit, il était sorti de chez lui, persuadé de revenir quelques heures plus tard et sûr de se remettre au travail le lendemain. Or, au lieu de rentrer chez lui, il était allé tout droit dans l'autre monde, ses clefs dans sa poche. On l'imaginera facilement, le processus d'élaboration de son livre était très loin d'une rédaction définitive. La correction est une chose, achever des phrases entières, ajouter des noms quand le sujet n'est pas clair, éliminer des contradictions et choisir une formule parmi deux ou plusieurs demeurées là en est une autre. Bref, je pensais avoir affaire à une statue à polir, mais il y avait encore de nombreux coups de scalpel et de lime à lui donner. Comment procéder ? S'il s'était agi d'un écrivain antique, d'un classique, j'aurais dû publier le texte ainsi que l'auteur l'avait laissé, éventuellement en ajoutant les interventions nécessaires entre crochets. Une absurdité pour un roman contemporain, destiné à une collection grand public. Il ne me restait plus qu'à remplacer Rocco en prenant en main les commandes de tout le mécanisme. Au cours de mon existence j'ai publié de nombreux textes d'auteurs anciens et contemporains, mais jamais – on pourra aisément le concevoir – je n'avais connu une expérience aussi intense sur le plan psychologique. Chaque matin, je soupesais mots après mots, phrases après phrases, en essayant d'achever ce texte sans rien y apporter de personnel. Le fait que mon style et celui de Rocco étaient aussi inconciliables que l'eau et l'huile (il me disait souvent que j'écrivais de la « prose artistique », à son avis un peu désuète) se révéla bientôt très bénéfique, m'obligeant à écarter ce qui était meilleur sur un plan abstrait au profit de la façon dont mon ami aurait mené à terme telle ou telle expression individuelle encore en suspens. Il m'arrivait de penser que cet état du texte, ni vraiment inachevé ni vraiment achevé, était intentionnel parce qu'il requérait toute l'attention et la compréhension que Rocco exigeait des autres. Honnêtement, je ne me rappelle pas un seul cas où mon intervention ait été infidèle. J'ai essayé d'agir comme une espèce de prothèse de Rocco, une ramification de sa personne dans le monde des vivants. Ce n'est sans doute pas une méthode très orthodoxe du point de vue philologique, mais cela a constitué une expérience positive pour l'un comme pour l'autre, si nous voulons donner au spectre de Rocco une réalité possible. Et pourquoi pas ? Qu'en savons-nous ? Quoi qu'il en soit, depuis que j'avais entamé ce dur travail, je dormais d'un sommeil tranquille.

Parfois, quand j'écris, j'ai l'impression d'avancer au milieu d'une foule de souvenirs qui requièrent autant d'attention que ces gens qui tendent la main dans l'espoir de recevoir une aumône. Pia et Rocco qui se disputent, la première refusant d'héberger à la campagne le second en compagnie d'une nouvelle fiancée parce qu'elle entretient des liens amicaux avec l'ancienne. Pia qui m'emmène à un concert de Gianna Nannini – elle avait écrit pour cette dernière les textes d'un opéra rock inspiré d'une de ses célèbres homonymes, la Pia dei Tolomei du *Purgatoire* (« Sienne m'a faite, Maremme me défit[36] », etc.). Un cadeau de Pia pour une nouvelle maison : un bougeoir en forme de colonne corinthienne. Vœux de Noël, de bonne année. Comme toute l'humanité, nous renonçons

---

36. *La Comédie*, « Le Purgatoire », chant V, v. 134, *op. cit.*, 1998. Cette noble siennoise aurait été tuée par son mari en 1297. De nombreux artistes se sont inspirés de son histoire, depuis Donizetti jusqu'à Marguerite Yourcenar (*Le Dialogue dans le marécage*) en passant justement par la chanteuse et compositrice Gianna Nannini, originaire de Sienne.

un jour à nous écrire des lettres et des mots manuscrits. Il en résulte une myriade de messages. Je téléphone à Pia d'un hôtel de Moscou où je me trouve pour mon travail et lui demande que voir pendant un après-midi de liberté dans cette ville qui me paraissait hostile et inutilement démesurée ; elle m'expédie dans un lieu enchanteur, les étangs du Patriarche, qui sont le décor du premier chapitre du *Maître et Marguerite* de Boulgakov, où un imbécile échoue sous le tramway. Étranges latences qui parsèment les amitiés les plus profondes : après la mort de Rocco, nous cessons presque de le mentionner, laissant son absence renforcer nos liens d'une façon totalement inconsciente, ou implicite. Quand je pense à elle, je l'imagine heureuse, plantant des choux ou encourageant du muguet. En raison du succès de ses livres naturels, je vois de nombreuses images d'elle dans les journaux, sur Internet. Souvent en compagnie de Macchia ou du chien précédent, dont j'ai oublié le nom. Sur une de ces photos, elle est confortablement assise dans un fauteuil en osier à l'ombre du patio, tenant à la main une biographie de Giovanni Comisso écrite par Nico Naldini. Nous lisions toujours les mêmes livres, nous aimions les mêmes choses. Peu avant que sa maladie entame son œuvre de destruction, fut publiée sa dernière traduction, un minuscule et précieux ouvrage renfermant trois nouvelles peu connues de Tchekhov, choisies dans son premier recueil. « Je crois que si je n'avais pas été écrivain, j'aurais pu devenir jardinier », avait-il un jour écrit à un ami.

Il y a quelques mois, j'ai atteint l'âge exact auquel Pia est tombée malade, commençant à perdre peu à peu, inexorablement, jour après jour, l'usage de son corps. J'ai dépassé depuis longtemps l'âge de Rocco. Nos amis sont aussi ceci : des représentations des périodes de la vie que nous traversons en naviguant en quelque sorte dans un archipel où nous parvenons à doubler des promontoires apparemment très éloignés, de plus en plus seuls, incapables d'entrevoir quoi que ce soit du rocher contre lequel nous nous écraserons à notre tour une fois pour toutes.

Voici un rêve que j'ai fait quelque temps après avoir achevé mon travail sur le livre posthume de Rocco. Nous étions dans une voiture qu'il possédait dans sa jeunesse, un véhicule de petite cylindrée dont le coffre à bagages était entièrement occupé par le réservoir à méthane. Nous parcourions une très longue avenue de banlieue, bordée de platanes. Je savais que Rocco était mort, car la blessure sur le menton qui l'avait tué sur le coup dans l'accident était visible et pâle. Mais, contrairement à ce que j'avais imaginé une nuit de l'été précédent en Grèce, il n'avait plus l'air égaré ou chagriné. Au début, j'étais en colère contre lui, parce qu'il conduisait à une vitesse folle, sans s'arrêter aux feux rouges et aux carrefours de cette avenue interminable. Pour sa part, il souriait, il n'avait peur de rien. D'ailleurs, je m'étais rendu compte que nous ne risquions pas de nous heurter à un obstacle, car, en dehors de nous, il n'y avait personne dans l'avenue ni dans les rues transversales. Pour une mystérieuse raison, nous étions seuls au monde. Rocco pouvait donc passer au rouge, si cela lui chantait. Autrefois, non dans un rêve, mais dans la réalité, nous avions parcouru à bord de cette même voiture blanche l'autoroute menant en Calabre à l'occasion des fêtes de Pâques – un jour de grande circulation. Du côté d'Eboli, un camion avait pris feu devant nous, s'enflammant brusquement comme la tête d'une allumette. Un nuage dense de fumée noire avait envahi toute la chaussée, nous plongeant dans une obscurité complète. Pendant une de ces fractions de seconde qui se changent en heures entières, j'avais soudain eu la certitude, je m'en souviens, que nous n'en sortirions pas vivants. Et puis, de façon étonnante, au lieu de mourir, nous avions recommencé à filer dans la lumière du jour. Rocco avait écrasé la pédale de l'accélérateur ; plutôt que d'essayer de freiner désastreusement ou de ralentir, il avait poussé la voiture le plus rapidement possible dans cette fumée de flammes de façon à ressurgir devant, où il n'y avait plus aucun danger. Si j'avais été au volant, nous ne nous en serions jamais tirés. La vitesse inconsidérée du rêve était peut-être un reflet de cette expérience réelle : un choix qui semblait fou, mais qui était le seul choix judicieux. Sur le moment, je crus y voir un signe : Rocco avait surmonté son égarement, il s'était adapté à son nouvel état, il s'éloignait vraiment, voilà ce que signifiait peut-être la vitesse de sa voiture. Je songeai à prendre immédiatement des notes, à retenir un détail avant qu'il ne soit trop tard. Comme les fleurs de pommier caressées par la brise, les souvenirs des êtres qui nous ont été si familiers que l'habitude est devenue un réflexe conditionné, ou presque, se détachent et s'envolent avec une rapidité inconcevable. Nous pensons en avoir accumulé tant et d'une telle netteté qu'ils constituent une réserve inépuisable – mais nous n'avons plus entre les mains qu'un scintillement d'images hésitantes, fugitives. Des formes de souvenir si insignifiantes et si émiettées qu'elles équivalent à l'oubli. Toute la *charge de la preuve* retombe sur les épaules de ceux qui restent. Des êtres tels que Rocco et Pia ont-ils vraiment existé ? Et comment pouvons-nous affirmer avec certitude que la vie d'un tel ou d'une telle a été heureuse ou malheureuse ? Le contraire aussi ne vaut-il pas pour la moindre émotion qui se produit vraiment en nous, pour le moindre mot véritablement important ? Depuis le plus minuscule composant de molécule jusqu'aux grandeurs monstrueuses de l'univers, c'est toujours l'impossible qui engendre le possible, telle est la marque indélébile, le défaut de fabrique de notre existence, et personne ne peut éviter d'y faire face, de purger dans son horizon limité la peine qu'a décrétée la loi universelle.

Voici quelques années, en effet, un jour de juin, un homme soi-disant amoureux de moi observa, sur un ton de reproche, que je boitais[37].

La maladie du « motoneurone » va de l'avant comme un condottiere envahissant une terre qui ne pourra jamais lui opposer de véritable résistance – tout au plus quelques ralentissements. Pia perdit son indépendance membre après membre, geste après geste, tandis que son âme vigilante et apeurée se faisait de plus en plus limpide, de plus en plus consciente. Le titre de son livre sur la mort, qui est le sommet de sa « littérature naturelle », est tiré d'un poème d'Emily Dickinson, botaniste de premier ordre. « *I haven't told my garden yet* », dit la poétesse, je n'ai pas encore dit à mon jardin qu'il me faut mourir, pénétrer dans l'« Inconnu ». Vite, trop vite !

---

37. *Ce que je n'ai pas encore dit à mon jardin*, *op. cit.*, comme pour toutes les citations suivantes.

Le jardin ne peut comprendre pourquoi sa jardinière ne vient plus le soigner. Mieux vaut lui cacher la vérité, mieux vaut la cacher aussi à l'abeille qui bourdonne parmi les buissons, aux forêts et aux prairies où Emily a tant aimé marcher. Ces choses-là regardent les êtres humains, liés à la conscience des règles du jeu, non les abeilles et les jardins, qui ne savent rien de la mort. Le dernier livre de Pia est de la grande littérature, ou mieux de la grande poésie, si nous entendons par ce mot un degré suprême d'expression de l'humain, du singulier, de l'inadapté. Au moment où je l'ai lu, il ne restait à mon amie que quelques semaines à vivre, et je fus frappé par la façon dont, à l'approche de l'inéluctable, elle avait puisé dans des ressources qu'elle avait accumulées au fil du temps telle une fourmi pendant l'hiver. Il y avait là de la sagesse, il y avait là de la force de caractère. Mais, évidemment, ce n'étaient pas des ressources suffisantes. La nuit surtout, certaines nuits, il ne reste que la peur : de même qu'il ne reste, d'un corps jeté dans le vide, que le poids. Après quoi reviennent l'ironie, une pensée aimable, la capacité de rassembler son courage. Pia est crédible parce que aucune de ses conquêtes n'est stable, que seule la maladie accomplit des progrès linéaires. Si elle se livrait aux prescriptions des médecins sérieux, elle expérimenta avec détachement une série de charlataneries qui ne pouvaient pas lui faire de mal. Traitements électriques, potions d'herbes et de baies sauvages. En réalité, je crois qu'elle n'avait confiance en rien, ce qui était juste car il n'y avait pas de remède. Un soir où je me trouvais chez elle, alors que désormais les choses allaient de mal en pis, nous nous sommes amusés à plonger les doigts dans un pot de verre, tout juste arrivé par la poste, pour goûter une mélasse végétale, dégoûtante et nauséabonde, produite en Californie par une arnaqueuse qui déclarait avoir étudié les médicaments chamaniques des natifs du désert. Et, tandis que les jours s'écoulaient, le jardin, sans changer d'aspect de façon éclatante et sans s'ensauvager (quelqu'un s'occupait des besognes nécessaires), était devenu, essentiellement aux yeux de Pia, le miroir le plus véridique des circonstances. Puisqu'elle ne pouvait plus soigner son jardin, elle lui resterait fidèle jusqu'à son dernier souffle. Pendant que j'avalais chez elle la panacée californienne et que nous discutions de tout et de rien, un souvenir enseveli dans un passé désormais très lointain avait brusquement ressurgi dans mon esprit. Un jour où j'étais à Milan, chez elle, Pia avait reçu en cadeau deux billets pour un concert de Martha Argerich – sonates de Beethoven pour piano et violoncelle. Quelques secondes avant le début du concert, des infirmiers avaient poussé dans la salle un lit médicalisé, qu'ils avaient installé près de la scène. Il était évident que l'homme qui y gisait avait atteint ses derniers jours et qu'il voulait savourer une ultime fois l'extase de cette musique sublime qui constitue pour certaines personnes l'expérience la plus importante de la vie, l'émotion la plus profonde, une religion sans paroles. Sur le chemin du retour, nous avions longuement parlé de cet homme appuyé contre le dossier relevé du lit, le tube d'une perfusion au bras, la tête bandée, le nez aquilin. Chaque fois que nous sommes frappés par une image de la beauté et de la dignité humaines, c'est toujours en vertu d'une discrimination réussie entre la futilité et l'essentiel, et donc du sens de quelque chose en nous qui ne succombe pas, qui ne se laisse entraîner par rien, qui est son propre souverain. Rester auprès du jardin sans rien lui dire de sa maladie revêtait exactement, pour Pia, la même valeur qu'assister au concert de Beethoven pour cet inconnu. C'était sa musique et, malgré tout, elle continuait de jouer sans elle.

Pourtant, à coup sûr, je ne suis plus attirante aux yeux d'autrui : je me sens, maintenant plus que jamais, en rapport intérieur avec une espèce de beauté et d'harmonie impalpables. Cette beauté continue à se révéler à mesure que l'approche de la mort fait disparaître la complaisance du moi, l'attachement au monde. Je me sens réabsorbée au-dedans d'une entité plus vaste que moi.

J'avais publié un long article sur son livre. À ce moment-là, elle ne communiquait plus qu'à travers les messages vocaux de WhatsApp. J'en reçus un le jour même, on avait dû lui apporter le journal. Quand j'ai commencé à écrire ces lignes, j'ai songé à rechercher ce message en réactivant les vieux téléphones portables que je conserve dans un tiroir. Parce que je ne me rappelle pas du tout ce qu'il disait, comme si je ne l'avais jamais écouté. Je me rappelle juste qu'il était arrivé et que j'étais heureux qu'elle ait eu le temps de lire mon article, heureux d'avoir réussi encore une fois à lui exprimer – de cette manière indirecte – l'affection que je lui portais, l'estime que j'avais pour elle. Puis j'ai renoncé à réécouter ce message. Ce n'est certainement pas sans raison que nous oublions telle ou telle chose. Et j'ai commencé – pour un motif que je ne saurais décrire ni expliquer – à voir dans cet oubli une source qui jaillit dans l'obscurité d'une caverne et alimente un fleuve entier tout en demeurant invisible.

Dans les meilleurs moments, elle expérimentait la « limpidité » d'être seule au monde. De gros déchets de rancune circulaient dans son sang. Comme si la maladie était la conséquence de la « mauvaise voie » sur laquelle elle s'était engagée. Mais comment pouvait-elle l'affirmer ? S'exposer à d'inutiles souffrances et humiliations, écrit-elle, « a rendu mon énergie complètement folle ». Dans le jardin aussi avaient circulé des serpents. Parce que les âges de la vie ne se succèdent pas : ils se chevauchent.

Deux processus parallèles paraissent être en cours : d'un côté la décadence physique dont personne ne comprend la dynamique, de l'autre un mouvement vers l'avant de l'âme qui se libère.

Une carte postale un peu cornée de *L'Origine du monde*, une de ces cartes postales qu'on vend à la sortie des musées, était glissée dans la vitre d'un bahut, ou posée sur l'étagère d'une bibliothèque – je ne m'en souviens pas. Pia l'avait probablement achetée ce matin-là de septembre au musée d'Orsay, peut-être en avait-elle pris aussi une pour moi et une pour Rocco : je ne me rappelle pas, mais, la connaissant, cela me semble plus que probable. Après avoir traversé les innombrables frondaisons du jardin, le soleil s'était étiré dans la chambre du premier étage, projetant une brève poussière dorée sur l'image de Courbet, comme s'il voulait faire brûler dans un feu glorieux cette touffe de poils, ce jardin anatomique, le transformant en un buisson ardent.

Comment se fait-il que tout cela n'ait jamais été appelé par son nom, peur de la mort? Comment se fait-il que j'aie toujours cru ne pas en avoir peur?

Ce soir-là était probablement le dernier que j'allais passer avec Pia, mais tout ce qui est vraiment solennel dans notre vie manque opportunément de solennité. Quelques jours plus tard, elle me décrivit un rêve qu'elle avait fait : dans ce rêve, elle me disait au moment des adieux que nous ne nous reverrions plus sur cette terre et je réagissais par la colère. Pia plaisantait sur mon « mécontentement ». Mais, bref, ce soir-là, j'étais présent, et toutes les fois de n'importe quelle chose peuvent être les dernières. J'avais failli lui demander si elle se souvenait elle aussi du jour où nous étions allés voir avec Rocco *L'Origine du monde*. Plus de vingt ans s'étaient écoulés. Dans un souffle. Ou plutôt non, lentement – quelle importance cela avait-il désormais ? Le sable de sa clepsydre se réduisait à un filet si mince qu'il en devenait presque invisible.

Si j'avais pu le faire en pressant un bouton ou en prononçant la formule d'un sortilège, je l'aurais laissée partir en effaçant doucement ses contours. Les cimes des arbres frémissaient légèrement dans la brise qui s'était levée au couchant. Le vert sombre des sempervirens, si cher à Pia, prenait le dessus dans le théâtre d'ombres du crépuscule. Une odeur de résine, de terre retournée et d'herbe coupée pénétrait dans la pièce. Si elle n'était plus en mesure de prendre soin de son jardin, c'était le jardin maintenant qui prenait soin d'elle. Exactement ainsi : *il l'attendait*, non comme les morts, dit-on, attendent les vivants, plutôt comme un véhicule apprêté devant la porte, un tapis volant, le carrosse de Cendrillon, un cheval ailé qui connaît la route menant à la source de la vie, à l'origine du monde. Comme s'il n'y avait rien de plus important à faire, Macchia aboyait à un couple de cailles cherchant un refuge pour la nuit.

Matériaux

A.A.V.V., *Landolfi libro per libro*, éd. Tarcisio Tarquini, 1988.

A.A.V.V., « Ciao Rocco », in *Nuovi Argomenti* v. s., n° 47, juillet-septembre 2009.

Giorgio Agamben, « Pascoli e il pensiero della voce », *in* Giovanni Pascoli, *Il fanciullino* [1897], Feltrinelli, 1982.

Edoardo Albinati, « Il battito involontario del cuore di Puškin », in *Nuovi Argomenti* IV, s., n° 1, octobre-décembre 1996.

Edoardo Albinati, « Vivere e scrivere, il passo a due di Pia », in *Il Sole 24 Ore*, 9 juin 2019.

Annalena Benini, « Al giardino non l'ho detto », in *Il Foglio*, 23 avril 2016.

Rocco Carbone, *Agosto*, Theoria, 1993 ; *Ouvert en août*, traduction de Nathalie Bauer, Le Serpent à Plumes, 1998.

Rocco Carbone, *Per il tuo bene*, éd. Emanuele Trevi, Mondadori, 2009.

Rocco Carbone, *L'Apparizione*, Mondadori, 2002 ; Castelvecchi, 2018.

Francesco M. Cataluccio, « Il giardino di Pia Pera », in *Doppiozero*, 16 mars 2016.

Francesco M. Cataluccio, « La versione di Lolita », in *Il Sole 24 Ore*, 29 juillet 2018.

Émile M. Cioran, « L'expérience pascalienne d'un romancier américain », in *Exercices d'admiration. Essais et portraits*, Gallimard, 1986.

Arnaldo Colasanti, « Morte di uno scrittore : Rocco Carbone e la Bhagavad Gita », in *Febbrili transiti. Frammenti di etica*, Mimesis, 2012.

Carlo Emilio Gadda, *L'Affreuse Embrouille de via* Merulana, traduction de Jean-Paul Manganaro, Seuil, 2016.

Chiara Gamberale, « Il riscatto delle nostre imperfezioni, la lezione di Rocco Carbone », in *Il Riformista*, 21 juillet 2008.

Cesare Garboli, « Diari di Delfini » [1982], in *Scritti servili*, Einaudi, 1989.

Nicola Gardini, « Elegia dell'amore vegetale », in *Il Sole 24 Ore*, 16 février 2016.

Gianluca Greco, *Un saluto a Rocco* [film], 2009.

James Hillman, « Athene, Ananke and the Necessity of Abnormal Psychology », in *Facing the Gods*, Spring Publications, 1980.

Frances Hodgson Burnett, *Il Giardino segreto* (*The Secret Garden*, 1911), traduction de Pia Pera, illustrations de Fabian Negrin, Salani, 2005 ; *Le Jardin secret*, traduction de Valentine Leconte, illustrations de Marcel Bloch, éditions Nelson, 1934.

Clive Staples Lewis, *L'Allegoria d'amore. Saggio sulla tradizione medievale* (*The Allegory of Love*, 1936), traduction de Giovanna Stefancich, Einaudi, 1969.

Pia Pera, *La Bellezza dell'asino*, Marsilio, 1992.

Pia Pera, *Diario di Lo*, Marsilio, 1995 ; nouvelle édition, préface d'Emanuele Trevi, Ponte alle Grazie, 2018.

Pia Pera, *L'Orto di un perdigiorno*, Ponte alle Grazie, 2003.

Pia Pera, *Al giardino ancora non l'ho detto*, Ponte alle Grazie, 2016 ; *Ce que je n'ai pas encore dit à mon jardin*, traduction de Béatrice Vierne, Arthaud, 2019.

Alexandre Pouchkine, *Evgenij Onegin* [1822-1833], éd. Pia Pera, Marsilio, 2016 ; *Eugène Onéguine*, traduction d'André Markowicz, Actes Sud, 2005.

Lara Ricci, « Pia Pera », in *Enciclopedia della donne*, www.enciclopediadelladonne.it

Thierry Savatier, *L'Origine du monde. Histoire d'un tableau de Gustave Courbet*, Bartillat, 2006.

Anton Tchekhov, *Tre racconti*, traduction de Pia Pera, Voland, 2011.

Stefano Velotti, « Intorno a Pia », *in* Maria Cristina Vimercati, *Il Giardino di Pia Pera*, catalogue de l'exposition, 2016, puis in *Lo Straniero*, n° 196, octobre, 2016.

Serena Vitale, *Le Bouton de Pouchkine. Enquête sur la mort d'un poète*, traduction de Jacques Michaut-Paternò, Plon, 1998.

Mise en pages :
Anne Offredo, Valravillon

Cet ouvrage a été achevé d'imprimer
en décembre 2022 dans les ateliers de
Normandie Roto Impressions s.a.s.
61250 Lonrai (Orne)

N° d'imprimeur : 2205455
Dépôt légal : janvier 2023
ISBN : 978-2-84876-986-8
Imprimé en France